大家族四男 8

兎田士郎の眠れる森の王子

日向唯稀／兎田颯太郎

この作品はフィクションです。
実在の人物・団体・事件などに
一切関係ありません。

大家族四男８
兎田士郎の眠れる森の王子

contents

大家族四男 8
兎田士郎の眠れる森の王子

1

就寝時間に合わせてエアコンのタイマーがセットされるようになってから、半月ほどが過ぎた頃だった。

つい先日は、ゲリラ豪雨などというこの時期特有の大雨にも見舞われたが、子供たちが待ちに待っている夏休みまではあと少しだ。

「じゃあ、電気を消すからね。樹季《いつき》、武蔵《むさし》、おやすみ」

「おやすみ、士郎《しろう》くん」

「しろちゃん。おやすみなさーい」

「七生《ななお》も今夜はお父さんが仕事だから僕らと一緒だよ」

「あ～い。ん～。ねんね……っ」

「眠いほうが先か。おやすみ、七生」

そうして快適温度に設定された子供部屋で、地元では「キラキラ大家族」と呼ばれる兎田《とだ》家の七人兄弟・四男にして小学四年生の兎田士郎は、いつも通り弟たちと枕を並べて目を閉じた。

兄弟全員が美形な父親・颯太郎《そうたろう》似とあって、小学生から幼児の寝顔であっても、それは見目麗《みめうるわ》しく、また愛らしい。

特に末弟七生のマシュマロほっぺは美味《おい》しそうなくらい柔らかで、隣に横になった士郎が指先で突きたくなるのをグッと堪えて寝たほどだ。

〝オオーン〟

〝オンオン！　オオーン〟

――と、家の裏のほうから野犬たちの遠吠えが聞こえてくる。

（野生の犬は、本来狼みたいな夜行性だから、彼らはこれから遊んだりするのかな？　それとも狩り？　ちゃんと食事ができているといいな――。元は飼い犬だっただろうに、無責任な人間がいるために……）

そんなことを思いながら、士郎は深呼吸を繰り返す。

いつもなら、これで眠りの世界へと落ちていく。

家にいれば家事や育児の手伝いで、学校へ行けば何かと問題を持ち込む同級生たちのサポートだ。

しかも、周囲から「神童」と呼ばれる士郎は、知能指数が高くて学術優秀、その上超記憶力症候群と思われる記憶力の持ち主だ。

自身も勉強するのが好きとあり、いつも興味の赴くがままに独学もしているので、何かにつけて忙しい日々を送っている。

心身どころか、いつも脳までお疲れ様だ。横になったら眠りに就くのもあっと言う間で、大概は目覚まし時計が鳴るまで熟睡している。

だが、そのおかげで早寝早起き、成長ホルモンも出まくりなので、常にお肌はツルツルモチモチ。兄弟の中でも唯一の眼鏡使用者で、インテリ美少年とも称される容姿は、日々磨《みが》きがかかる一方だ。

しかし、今夜は何かが違った。

(――ん？　ここは、どこだろう？)

寝付いたはずなのに、意識がある。

とても不思議な夢を見たのだ。

(家だ。間違いなく、僕の家だ。でも、寝たばかりなのに、もう朝？　それとも昼？　あ、エリザベスの散歩の時間だ。七生も一緒に行きたがってる……)

それは、映像的なことだけでなく、微かだが息が上がるなどの体感的なことまで伴うものだった。

〝今、僕は寝ている。夢を見ている〟

そう自覚ができるのに、行動している自分と、それを傍観《ぼうかん》している自分とを、同時に認識できる摩訶不思議《まかふしぎ》な夢だ。

そして――。

「はぁ……はぁ……」

「頑張れ、士郎。あともう少しでてっぺんだワン」

「しっちゃ！　ゴーゴー」

「……う、うん」

夢の中で士郎は一歳半をすぎた末弟の七生、そして隣家の飼い犬で兄弟のように育った五歳のセントバーナード♂《オス》・エリザベスと一緒に散歩へ出た。

エリザベスに跨がり意気揚々な七生の「ゴー」から、いつもの公園へは行かずに、目的地を変えた。

着いた場所は、自宅裏近くにある小高い丘――通称裏山《うらやま》。

つい先ほど遠吠えをしていた元飼い犬、今は野犬となったものたちの根城《ねじろ》であり、また野良猫や野生動物、野鳥や虫たちにとっての住み処《か》でもある。

（七生はエリザベスに乗っているからって、気楽だな。僕だって乗れるものなら乗ってみたいよ）

頭は切れるが運動が苦手な士郎は、それでも急な斜面を一生懸命に上がっていく。

すると、士郎たちの姿を見つけたのか、空からは馴染みのカラスが、そして山頂からはロットワイラーや秋田犬《あきたいぬ》、茶トラの猫などといった動物たちが姿を見せた。

「あ！　士郎と七生とエリザベスが来たカー」

「よく来たオン」

「いらっしゃいワン」

「待ってたニャ」

「みんな、僕らを歓迎してくれるの？」

「もちろん。さ、来いオン」

「ありがとう」

「あっとね〜っ！」

こうして麓から十五分ほど登って辿り着いた山頂には、木々や草花に彩られた広場があり、また一際《ひときわ》目を引く大木の幹の根元には、観音開《かんのんびら》きの扉で蓋をされただけの大穴の祠《ほこら》があった。

大穴の奥には神々が住む天界とこの人間界を繋ぐ狭間《はざま》世界があり、この裏山に住む野犬や野良猫、野鳥や虫たちはよく行き来をしている。

――と、先日地元の氏神《うじがみ》が、なぜか祠に納められていたクマの縫いぐるみに憑依《ひょうい》して現れて教えてくれた。

そのときは「落雷《らくらい》で壊れた祠の扉を修理してほしい。それが直らないと、狭間世界に行っていた野犬たちがこちらの世界に戻ってこられない」ということで、野犬たちと交流のある士郎に助けを求めて来たのだが——。

今にして思えば、あの辺りからすべてが夢だったと言われても、不思議のない状況だ。

それこそ家族全員で同じ夢を見たなら、今も続いている。

（でも、あれが現実でこれは夢だ。それも、ここまで動きながら見ている意識まであるってことは、明晰夢《めいせきむ》と呼ばれる睡眠時の生理的現象だ。おそらく僕の前頭葉《ぜんとうよう》が半覚醒《はんかくせい》状態に陥っているんだろう。ただ、逆なほうが説得力はある。少なくともクマは縫いぐるみだし、氏神は声はすれども実態《じったい》がない。反してエリザベスや野犬たちは正真正銘の動物なんだから、ある日突然こうして話し始めたとしても、まだ科学的な根拠が求めやすそうだ）

——などと考えながらも、士郎は今見ている夢、動物たちとおしゃべりのできる世界を楽しむことにした。

野犬たちは青々とした葉が生《お》い茂る大木の下に集い、夏の日差しを避けながら寛ぎはじめる。

微《かす》かに通り過ぎていく風が心地好い。

また、七生は雌《メス》の秋田犬を中心に別の犬猫たちに囲まれて遊びだし、一緒になってお手やお回りをしている。

「くるくる〜」

「あんあん」

「みゃっ！」

とてもご機嫌だ。

「座るワン」

「ありがとう」

士郎はエリザベスに促されるまま大木の根に腰を下ろし、まずは野犬たちの話にジッと耳を傾けることにした。

〝彼らと意思の疎通《そつう》をはかりたい！〟

そんな思いから、市販のワンワン翻訳機をエリザベス用に改造した士郎からすれば、願ったり叶ったりの状況だからだ。

たとえこれが夢であっても胸が躍《おど》る。

「それにしても士郎のところは、みんないつもニコニコキラキラしていて、顔もそっくりカー」

「本当ニャン！　士郎や七生は八人兄弟ニャ？」

そうして挨拶程度から始まった彼らの話の矛先《ほこさき》が、士郎とその家族へ向けられた。

切り出したのは裏山を縄張りにしているカラスと野良猫の茶トラ。

常に人の目に触れないように気を遣っているだろう野犬たちに比べて自由な彼らは、最近一日に一度か二度は士郎の元へ現れる。

学校への行き帰りであったり、ときには自宅の庭であったり。中でもエリザベスの散歩中の出現率はかなり高い。

おそらくカラスと茶トラなら士郎の親兄弟だけではなく、交友関係まで理解しているだろう。

それにしても「八人兄弟」と聞かれて、士郎は噴き出しそうになったが――。

「士郎は七人兄弟。上から寧《ひとし》、双葉《ふたば》、充功《みつぐ》、士郎、樹季、武蔵、七生で七人。ひー、ふー、みー、よー、いつ、むー、なーで覚えて、一番大きい人は颯太郎。パパさんワン」

「えー!?　同じ顔ニャのに？」

エリザベスが鼻高々に説明したが、それでも茶トラは驚いている。

まるで「そうなの？」と聞くように、士郎の膝の上へ乗ってきた。

「そしたらママさんは？　パパさんはずっと家にいるけど、見たことがないカー？」

「教えて教えて。士郎ワン！」

「士郎の家族のことが、もっと知りたいオン」

あっと言う間にカラスや野犬たちの視線が士郎に集まった。

見知った野犬たちからそうでない野良猫や野鳥、虫たちだけで、四、五十匹はいる。

遠からず近からずの距離でこちらの様子を窺うものたちまで合わせたら、もっといそうだ。

しかし、これだけの生き物に囲まれていても、士郎にはまったく恐怖は湧かない。

守るべき七生が一緒だというのに、警戒心さえ起こらない。

これが夢だからというよりは、現実の世界ですでに彼らとは友達だからだろう。

「いいよ。改まって説明するのは初めてだしね。そうしたら、まずはお父さんからね」

士郎が話し始めると、犬猫たちは目をクリクリ、鼻をヒクヒク、耳をピンと立てた。

枝の上では雀《すずめ》や山鳩《やまばと》などの野鳥たちも首を傾げ、虫たちはジッとしているだけだが、なんとなく全員聞く姿勢に見える。

「僕のお父さんは兎田颯太郎と言って……」

だが、説明を始めたそのときだった。

士郎の背後から突然「バン！」と音がした。

「ひっ⁉」

「オン！」

驚いて声を上げると同時に、士郎はエリザベスと共に腰を浮かせて振り返る。

周りを囲んでいた犬や猫たちも一瞬ビクリとして身構えた。

すると、勢いよく開いた祠の扉から、茶色い物体が飛び出してくる。

「お～、いたいた。童《わらべ》の声が聞こえたので、急いで来たのじゃ。実は、先日の礼がしたくてのぉ。こんな立派で洒落《しゃれ》た扉をつけてもらって、吾《われ》らも行き来がしやすうなったでの」

何かと思えば、クマの縫いぐるみ。

憑依している氏神自体は地元の神社住まいなのだろうが、士郎たちに存在を示すために、祠に納められた縫いぐるみを身体に借りたようだ。

確かに声だけがするよりはわかりやすいが、それにしても唐突だ。

これでは夢なのか現実なのか、わからなくなってくる。

ただ、明らかにおかしな存在が増えたというのに、夢より現実味が増してくるのが、士郎からすると不可解だ。

絶好調で動いて話しまくるクマを見ながら、思わず自分の頬を摘まんでしまう。

（痛い気はするけど、俯瞰《ふかん》から見ている感覚もあるから、やっぱりこれは夢だな。ただし、このクマに限っては僕が見ているだけなのか、それとも氏神が勝手に僕の意識に入り込んできているのかは謎だけど――）

「あ！　クマたん!!」

クマの登場に気付いた七生は、遊び相手が増えて大はしゃぎ。

秋田犬たちを従え、喜び勇んでこちらへ来たが、士郎の眉間には皺《しわ》が増える一方だ。

「お～、七生。相変わらず人懐こくて可愛いの～」

「クマたんも～」

「それは嬉しい！　このボディも悪くないの～、ん？　そなた。ちと、ちーしたか？」

七生より十センチ程度背が低いクマが、再会を喜んで抱き合う。

しかし、七生の背からお尻の辺りをポンポンと撫でていて、オムツパンツが濡れているのに気付いたようだ。

「ふへへへっ。ね～っ」

「くぉん」

笑って誤魔化す七生に、なぜか秋田犬まで見ない振り？

スッと士郎から目をそらしたのを見て、これは〝している〟と確信。

「え、いつの間に。そしたらすぐに帰ってオムツを取り替えなきゃ」

夢なんだから無視したっていいのに――とは思いつつ、こればかりは性格だ。

士郎は、もしかしたら目覚めの時間が近い合図なのかもしれないし――とも考え、ここは帰宅することにした。

「え～っ。なっちゃ、クマた～ん」

「遊ぶよりお尻が先！　これ以上タプタプになったらエリザベスに乗せてもらえないよ」

「えったん、いーよー」

「くぉ～ん」

「ほら。エリザベスだって、タプタプのオムツで乗られるのはいやだって。うっかり漏れたらズボンを洗うだけでなく、エリザベスまでお風呂に入れることになるんだからね」

「ぷ～っ」

七生はまだ遊んでいたいようだったが、エリザベスの様子を見る限り、すぐにでもちーっとしそうな気がする。

無駄にお尻をフリフリしているのも、こうなると尿意でモゾモゾしているのかもしれない。

「——ってことで、クマさん。気がついてくれて、ありがとう。みんな、慌ただしくてごめんね。必ずまた遊びに来るから」

士郎は七生をエリザベスの背に乗せ、首にしっかり両腕を回させると、下山《げざん》——というほどの距離ではないが、この場から去る準備をした。

しかし、ここでクマが慌てだす。

「コラ、待て童《わらべ》！　せっかく吾が出てきたのだから、礼を受け取ってゆけ。なんでもそなたの好きなものをやる。何が欲しいか言ってみよ」

（——自分自身がプレゼントみたいな姿をしていて、何を言っているんだか）

そうは思うも、士郎は好意だけは受け取ることにした。

クマの周りでは、野犬たちも「うんうん」「もらって」と同意していたからだ。

「その気持ちだけで充分だよ。こうしてみんなが無事に戻ってきたのが何よりだし。それに、この扉を作ってくれたのは、双葉兄さんと充功だしね」

「ふっちゃ、みっちゃよ〜」

そうして目には見えない感謝だけをいただき、また真《しん》の功労者《こうろうしゃ》が兄たちであることも改めて伝えた。

最近まめに工作をしてくれる二人だが、今にして思えば目的も何も聞くことなく、士郎が必要だと言っただけで作ってくれた。

最初はエリザベスの小屋に扉をつけるのかと思ったようだが、そうでないとわかってもノリノリで完成させてくれたのだ。

「相変わらず欲のない。――そうじゃ！　ならば、いっそ一日のんびりゴロゴロするのはどうじゃ？　童は家の手伝いや弟たちの世話でかなり忙しそうだった。疲れやストレスは溜まる前に、ゆっくり休んで解消するのがよいでな〜」

それでもクマは何かしたいらしい。

義理堅いのか、氏神という立場、役割からなのかはわからないが――。

しかし、ここでその御礼をもらったら、士郎を休ませる代わりにクマが家事や育児をするのだろうか？

代わりに学校へ行き、また兄弟の宿題も見るのか？

士郎はふっと想像してみた。

（絵面はほのぼのだけど、実際にそんなことをされたら、心配で気が休まらないよ）

答えは考えるまでもなかった。

夢で見るにしても、気疲れしそうだったからだ。

「うーん。それは病気にでもならない限り、僕自身が落ち着かないよ。うちは家事も育児もみんなで助け合っているんだから。それこそ一日のんびりゴロゴロしていいのは、七生まで。それだってきっと今だけで、すぐに七生も自分からお手伝いをするようになるだろうからね」

なので、士郎はこの代案も丁重にお断りした。

「さようか。そう言われると、そなたの家では幼稚園児の武蔵でさえ、ちゃ～んとお手伝いをしておったものな」

「でしょう。ということで、今日のところは帰るね」

ようやく納得してもらえたようなので、士郎は「じゃあ」と手を振り、七生を乗せたエリザベスと共に元来た山道を戻っていった。

そして、

「ただいま」

「おっかか～っ」

帰宅したところで、夢の世界からはフェイドアウト。

その後は目覚まし時計が鳴って目が覚めるまで、深い眠りに就くことになった。

2

翌日、士郎は窓から差し込む朝陽に起こされ、目が覚めた。

(夢か――)

普段はうつぶせ寝などしないのに、寝ている間に寝返りでも打ったのだろうか?

士郎は枕から顔を上げながら、もそもそと上体を起こす。

(楽しかったな。エリザベスだけでなく、他のみんなとも話ができて。いつもあんなふうに話ができたらいいのに)

目を擦りながら、そのままいったん座り込む。

しかし、何かが変だった。

(ん? ベッドヘッド?)

理由はすぐにわかった。

昨夜はいつもどおり二階の子供部屋に布団を敷いて寝たはずなのに、起きたらベッドの上にいたのだ。

（――え？　夜中にトイレへ行った記憶はないし。充功がドッキリでも仕掛けた？）

たとえ寝ぼけていたとしても、自身の見聞きしたもの、また行動の記憶が消えることはない。それが士郎が生まれながらにして持つ超記憶力だ。

その上で、自分から移動した覚えがないとなれば、寝ていて意識のない間に動かされたとしか考えられない。

そこで士郎は、真っ先に三男で中学二年の充功の仕業《しわざ》だと考えた。

去年の春に母・蘭《らん》が事故で他界し、父子八人で暮らす兎田家にベッドは三台しかない。洋間の自室を持つ次男で高校二年の双葉と充功、あとは屋根裏に仕事場兼寝室を設けている颯太郎だけだからだ。

しかし、それにしても何かがおかしい。

士郎はふと、正座をしたまま辺りを見回した。

「あ、起きた？　おはよう」

充功の部屋ではないと気付いた瞬間、背後から声がかけられる。

自宅でアニメや舞台の原作・シナリオ執筆を仕事にしている家長の颯太郎だ。

六歳年上の妻との間に長男を設けたのが十九歳のときとあり、本人はまだ四十前。見た目も何もかも若くて、一人でいたら独身者だと思う者がほとんどだろう。

作業していたデスクから立ち上がると、振り向きざまにニコリと笑う。

屋根裏部屋に差し込む日差しに勝るとも劣らない颯太郎の笑顔は、今朝もキラキラだ。

(――え、お父さんの部屋?)

だが、士郎は声の主が颯太郎であることよりも、自分が颯太郎の部屋のベッドで寝ていたことに驚いた。

(どうして?)

なぜなら、睡眠中に子供部屋から同階にある充功の部屋へ運ばれたのなら、途中で目が覚めなくても、まだ理解の範囲だ。

よほど熟睡していたのだろうと解釈できる。

だが、颯太郎の部屋は屋根裏の三階だ。

それも階段は三階の床に設置された折りたたみを下ろすタイプで、大人一人が行き来する幅しかない。傾斜も梯子《はしご》に近い角度がある。

いくら士郎が子供とはいえ、起こさずに移動させるには無理があるだろう。

どういう運ばれ方をするにしても、さすがに階段を上がり始めたときの揺れで目が覚める。睡眠薬や麻酔で意識不明にでもなっていない限り、こうして起きるまで気付かないなど、考えられないからだ。

「どうしたの? ポカンとして。まだ眠い?」

(え!?)

しかも、そんなことで困惑をしていると、颯太郎が士郎を抱っこした。それもひょいと抱き上げてほおずりをしてチュ。まるであやすように、お尻をポンポンしてくる。

「あ、オムツか。すぐに取り替えようね」

そう言って士郎をベッドへ下ろすと、ベッドサイドに置かれたチェストの引き出しからオムツパンツとお尻拭きを取り出し始める。

（何言ってるの？　何してるの？　お父さん!?）

士郎はあまりのことに声も出なかった。

確かに目の前でキラキラな笑顔を浮かべているのは颯太郎で間違いないが、おはようの挨拶以降はどれも十歳児に対する態度ではない。

まるで七生に接するような扱いだ。

五男で小学二年生の樹季、六男で幼稚園年長の武蔵にだって、起き抜けに抱っこ、ほおずりキッス、お尻ポンポンという溺愛フルコースみたいなことは、そうしないだろう。

未だにこれらを考え無しにやってくれるのは、長男で二十歳の社会人二年生、それこそブラコンの総帥《そうすい》・弟溺愛の寧くらいなものだ。

それでも七生以外を相手に、オムツパンツの用意はしないはず。

（あれ!?）

――が、ここまで来て士郎がハッとした。

颯太郎の背中に向けて伸ばした小さな手を自身の目が捉えたからだ。

(これって、七生!?)

慌てて自分の両手を見て、その手で顔や身体を触った。

ここで士郎は、ようやく自分がパジャマ姿の七生になっていることに気がついたのだ。

(え!? これって、まだ目が覚めてない? 実は裏山の夢の続き?)

それしか考えられないし、これもまた明晰夢だというなら、一連の流れや状況も理解ができる。

裏山に行ったときのような俯瞰する視線がなく、より現実的な感覚はあるが――。

だとしても、自分が七生になっているなど、動物たちと話をするよりも有り得ない。

それなら自分は起きたつもりだったが、実際は目が覚めていない。

この瞬間も夢を見ていると思うほうが、科学的にも納得ができる。

ただし、これに〝クマの姿をした氏神〟という、士郎にとってもっとも非科学的な存在が絡んでいなければ――だが。

「ん? どうしたの七生。ずっと黙ってて。よっぽどたくさんしちゃったのかな?」

しかし、たとえこれが夢であっても回避したい状況はある。

「――え!? いや、ちょっと待ってお父さん。僕、自分でトイレに行けるから! オムツも濡れてないし。たとえ濡れていても、自分で履き替えられるからっ!!　お願い、オムツを脱がさないで！」

　姿は七生、意識は大人顔負けの十歳児は、颯太郎にズボンごとオムツパンツを脱がされそうになり抵抗をした。小さな両手でしっかりとパジャマのズボンを押さえて、両脚も力いっぱいパタパタしてみる。

　――が、全力でもジタバタにさえならないところが、二歳にも満たない一歳児の無力さだ。こんなときだが、どうでもいいようなことに、士郎は絶望感に似たものを覚える。

「七生!?」

　とはいえ、いきなり叫ばれ、我が子にズボンを死守するように抵抗された颯太郎も、面食らっている。困惑どころか混乱だ。

「僕は士郎！」

「士郎？　いや、七生だし。え？　七生だよね？」

「それは身体だけ！　中身は士郎、四男の兎田士郎！」

　夢とはいえ、すぐに話が噛み合うわけもなく、士郎は驚きと不安に駆られた颯太郎から額に手を当てられた。

　熱を確認したのち、両手で頭を撫でまくられて、まるで〝脳で異常なことでも起こっているのか!?〟と、真剣な顔で心配をされる。

もしくは〝俺がおかしいのか？〟と、颯太郎は自分自身にも同じことをした。

――と、ここで士郎が閃《ひらめ》いた。

「そうだ！　なんなら円周率を言ってみようか？　一万桁までの数字しか見たことがないから、そこまでしかわからないけど。僕が士郎だって信じてもらえるまで続けるから」

苦肉《くにく》の策として、一つの提案をしてみた。

普通なら士郎と颯太郎にしかわからない秘密の話を――と、なりそうなものだ。

だが、何かとオープンな兎田家で、そんな個人的な秘めごとはまずないに等しい。

仮にあったとしても、そうした場合はいちいち家族に報告するようなことでもない程度の内容になるので、話したところで颯太郎自身が忘れている可能性のほうが高かったからだ。

「いい、いくよ！　３．１４１５９２６５３５８９７９３２３８４６２６４３３８３２７９５０２８８４１９７１６９３９９３７５１０５８２０９７４９４４５９２３０７８１６４０６２８６２０８９９８６２８０３４８２５３４２１１７０６７９８２１４８０８６５１３２８２３０６６４７０９３８４４６０９５……」

とはいえ、士郎も理解を求める余り、いきなり一歳児に円周率を唱《とな》えられた颯太郎の心境には配慮がない。

一般的に考えたら。これだって充分怖いだろう。

狐につままれたような心境どころか、我が子が悪魔にでも取り憑かれたのか⁉　と思って不思議がない。

あくまでも一般的にならら——。

「え⁉　本当に士郎だ！　七生なのに士郎！」

しかし、これで颯太郎は納得し、この奇《き》っ怪《かい》な現象も受け止めてくれた。

思わず士郎は嬉しくなって、両手を伸ばす。

「わかってくれてありがとう！　やっぱりお父さんは僕のお父さんだ！　これで駄目なら次は素数《そすう》でもって思っていたから嬉しいよ」

「そりゃ、士郎が〝円周率を覚えたから聞いて。確認して〟って言いだして、実際一万桁までスラスラ言い出した日の衝撃は、忘れていないからね。まだ三歳にもなっていなくて、父さんのほうが数字を読み飛ばしてしまって、蘭さんにしょうがないわね——って、代わってもらって」

再び颯太郎から抱っこをしてもらい、ほおずりキッスにお尻ポンポンだ。

こうなると、中身よりも抱いたときの感覚に対して、颯太郎も身体が勝手に反応しているのかもしれない。

二十年間、定期的に幼児を抱き続けているので、これも条件反射みたいなものだろう。

そう解釈すれば、中身が士郎とわかってもこの扱いな颯太郎に、これという懸念は抱かない。むしろ、安心して身を任せられる。

これこそ一般的に考えるなら、双方突っ込み処が満載だろうが、そこは最たるご都合主義で気にしない。

「うん！　それでお母さんも途中で読み飛ばして、結局寧兄さんがゆっくり言って――って、確認してくれたんだ」

「そうそう懐かしいね〜。で、それでどうして、七生なの？」

「僕の夢だから」

士郎は、顔色一つ変えずに訊ねる颯太郎に、満面の笑みを浮かべて答えた。

「士郎の夢？　え？　そしたら士郎は、赤ちゃんに戻りたかったの？　そんな夢があったの？　それって今の生活にストレスを感じすぎてとか、もう一度七生の頃に戻って思い切り甘えたいとかってこと？」

すると、颯太郎から予想もしていなかった問いかけがさらに続いた。

（え？）

それどころか、いっそう強く抱き締めると、

「そんな、いつでも甘えていいのに！　士郎はまだ十歳なんだよ。どんなに神童だ天才だなんて言われていても、父さんにとってはまだまだ子供。もちろん、弟たちがいるし、赤ちゃんみたいに甘えるのが照れくさい年頃や性格ではあるだろうが。でも、そんなの気に

しないで、抱っこ～とか、一緒に寝よ～とか、いつでも言っていいんだから」

どこをどうしたらそういう勘違いになるのか、ここへ来て颯太郎が大暴走し始めた。

士郎の身体を抱き直すと、そのままふわっと持ち上げる。

「高い高いもしてあげるよ。ほ～ら、高い高～い。あ、このまま飛行機もしようか？」

「え!?　え!?」

「ほーら。ぶ～んっ」

いきなり颯太郎の頭上まで持ち上げられて、さらには身体を機体に見立てて、ベッド周りを足早に進み始める。

これが七生自身なら大はしゃぎで、きゃっきゃと喜ぶだろう。

しかし、今は士郎だ。

「いや、待ってお父さん！　それは夢違いっ！　僕にはそんな逆走願望みたいな夢はないし、そもそも飛行機は苦手だから。しかもそうやって、僕の頭をファミレスの天井にぶつけたこと憶えてな――うっ！」

一瞬にして顔面を蒼白にさせ、悲鳴を上げて抵抗した。

それだけならまだしも、勢い余って天井にゴツンと頭をぶつける。

そうでなくても、三階とはいえ屋根裏部屋だ。一番高い棟木《むなぎ》の部分ならそれなりに高さもあるが、そこから母屋、軒桁へと徐々に低くなっていく。

気をつけなければ颯太郎だって頭をぶつけかねないのだから、そこへ高い高いで飛行機をされた日には、「七生《かりもの》の身体なのに、なんてこと！」だ。

「わっ！　ごめん、士郎。つい嬉しくて――。一人一回はやってたのに、またやっちゃったよ。本当にごめんね」

当然、これには颯太郎も大慌てだ。士郎をベッドに下ろして、ぶつけた箇所を念入りに確認する。

とはいえ、七人を育ててきたとは思えない初歩的なミスだ。

いったいどこでなんのスイッチが入ってしまったのか、士郎には理解不能。

と同時に、たとえ自分の夢であっても、登場人物の思考は読めないし、コントロールもできない。

ましてや七生の身体に衝撃を受ければ、自分も痛いと知る。

これは気をつけなければ――と、肝《きも》に銘じた。

「わかってもらえたら、それでいいよ。とにかく、これはあくまでも不可抗力な夢。自分が見たくて見ているわけでもない、そういう睡眠時の生理現象ってことだから。あのクマの仕業でない限り」

ただ、ぶつけた頭が思いのほか痛かったために、士郎は夢であることへの疑いが強まった。

さすがに士郎は氏神ではない。魂やら霊だけの存在でもないのだから、現実的に余所《よそ》の身体に入り込むのは不可能だろう。が、こうなると半信半疑だ。

これ以上はややこしくなりそうなので、理性から〝これは夢だ！〟で、まかり通すと決めるが――。

「クマ？」

「なんでもない」

「そう――。でも、父さんなら毎日でもこういう夢が見たいな。しっかりものの士郎が、こうして甘えてくれるのは嬉しいし。きっと寧や双葉たちも同じだと思うよ」

いつもより大きく感じる颯太郎の手が、本当に嬉しそうにして士郎の頭を撫でる。

危うくオムツパンツを脱がされそうにはなったが、これはこれで嬉しい。

恥ずかしい気持ちはあっても、決していやではない。

「それは――。ありがとう。起きてもちゃんと覚えておく」

「約束だよ。そしたら、たまには父さんとも一緒に寝ようね」

士郎は素直な気持ちで感謝を口にした。

颯太郎も嬉しかったようで、改めて士郎を抱き上げると、その頬にチュッとキスをした。

「あー、可愛いっ!!」

それにしても、いったんスイッチが入ると、簡単には戻れないらしい。

（お、お父さんって、こういうキャラだったかな？　それとも僕の見た目が七生だから、輪をかけて甘やかしモードになってるだけ？　もしくは僕の中に、こういう願望でもあったから夢に？）


颯太郎は飽きることなく、抱っこしてほおずりキッスしてお尻ポンポンを繰り返す。

しかも、父子でなければ怪しいレベルで、「可愛い可愛い」を連呼《れんこ》だ。

（いや、それはない。さすがにない。そもそもお父さんだけでなく、寧兄さんたちだって、ハグをしたり頭を撫でたりしょっちゅうだ。別に七生にならなくても、充分スキンシップはしてもらっているし、一般家庭と比較しても甘やかされているほうだろう）

「それにしても不思議だな。見た目も身体も確かに七生なのに、こうしてみていたら表情の作り方や視線の持って行き方一つで、士郎だってわかってくるんだから。改めて見ても、士郎は知的な赤ちゃんだね。でも、可愛い〜。チユッ」

そろそろ嬉しいを通り越して、心配になってくる。

これでは普段の日中はどうなっているのか？

まさか、一日中七生を抱っこして、ほおずりキッスをして、お尻を撫でまくっているのか⁉

それって仕事は⁉　と。

（——あ、そうだ。七生）

しかし、ここで士郎は今一度ハッとした。

自分を撫でまくる颯太郎の手を取り、「お父さん、ちょっといい」と問いかける。

「ところで今、僕の身体は何をしてるの？　そもそも今朝から姿を見た？」

こうした場合、七生自身はどうなっているのか？

また、自分の身体がどうなっているのか？

気にしたところで夢なのだが、この状況があくまでも士郎と颯太郎だけの世界なのか、そうでないのかだけでも知りたくなったのだ。

「士郎ならいつも通り学校へ行ったよ」

すると、ここでもまた驚くような返答を聞くことになった。

「え？　それは、お父さんの中で今朝起きてからこの瞬間までずっと続いてる流れ？」

「ああ。いつも通りだよ。強《し》いて言うなら、珍しく七生の寝起きが悪くて、さっきまで寝ていたこと以外は、普段と一緒。ようは、士郎の寝起きが悪かったってことなんだろうけど。それもまた珍しいよね」

颯太郎が実は七生が士郎だなんて気付かなかっただけで、今朝からこのとんでもない状態は起こっており、まだ今も続いていると言うことだ。

「そしたら、それって七生が僕になって過ごしてるってこと？　僕が七生になっているってことは、入れ替わってるって考えるのが一番わかりやすいもんね」

もっともわかりやすい仮説を立てるなら、こういうことになる。

しかし、これに対して颯太郎は首を傾げた。

「――それは、どうなんだろう？　だって、これって士郎の夢なんだろう？」

「それはそうだけど」

ものすごく真っ当な返しを受けて、二の句が継げない。

それでも、こうなると颯太郎も気になってきたのか、今度は額に手をやった。

「あ、でも――、そう言われたら、そうかもしれない。今朝の士郎は、ちょっと変だった。プレートに野菜を放り込んでくる充功や樹季に〝めーよっ〟とか言ったり。家を出るときも〝いってら～〟とか言って」

思い出したように今朝の様子を話してくれる。

ここで士郎は確信した。

「それ、完全に七生じゃない！　ってことは、七生が僕の身体で学校まで行っちゃったってことだよね⁉」

「そういうことになるのかな？　けど、これって士郎の夢じゃないの？　士郎に不都合なことも起こるの？」

「――わからない。これが夢なら、何が起こっても不思議がないし。逆にそうじゃなくて、これがこの世のものとも思えない何かの力のせいだとしたら、今頃七生が学級崩壊を起こしてる可能性もある」

それでも「クマの姿を借りた氏神のせいかも」とは言えない。

何せ、洞の中に何年いたのか、年季が入りすぎて洗濯機へ放り込んだら、縫い目がほつれて腕が取れかけたのを縫ってくれたのは颯太郎だ。

しかし、動いて話すテディベア——クマは、この家では寧の思い込みから士郎が作った高性能ロボットだと信じられている。

実際、そう思ってもらうほうが都合がよかったので、士郎も氏神が憑依しているクマだとは明かしていない。

となると、正体を知っているのは、エリザベスと七生くらいだ。

特に七生には、クマから離脱した氏神自身の姿が見えるようで、士郎からすれば七生自身も同じくらい謎な部分を秘めている。

そうでなくとも、翻訳機なしでエリザベスとツーカーで意思の疎通ができるぐらいだし——。

「さすがに授業妨害はしないと思うけど。たとえ夢でも何かの力のせいでも、今朝の七生はちゃんと自分が士郎になっているってわかっているようだった。そしたら、士郎らしくしているんじゃないかな？」

それにしても、現実でも夢でも颯太郎の柔軟さには頭が下がる。

すでに士郎の中で〝兎田颯太郎はこういう人だ〟と認識しているから、夢でも同じなのかもしれないが。

しかし、

「それでも七生は一歳児だよ。仮に実年齢より優秀で知能指数が高いとしても、オムツ尻をフリフリするのが大好きかつ、一人でトイレができない一歳児！」

「――あ、そうか。どんなに授業妨害をしなくても、トイレに行けずにお漏《も》らしでもしたら、学級崩壊どころか学校崩壊になりかねないものね」

日頃の七生の様子をダイレクトに説明すると、颯太郎も士郎の危惧がわかったようだ。

ただし、士郎の姿でそんなことになったら、崩壊するのは学級でも学校でもない。

神童・兎田士郎自身の人生だ。

本人からしたら、たとえ夢でも見たくない最低最悪な状況になる。

ましてやこれが現実だったら――は、仮説さえごめんだ。

「とにかく僕も学校へ行ってくる」

士郎は、善は急げとばかりに、颯太郎の抱っこからベッドの上へ下り立った。

(え!?　ベッドって、こんなに高かったっけ？)

そのままひょいと飛び降りるには躊躇《ためら》われて、後ろ向きになるとハイハイ姿勢で足から床へ着地した。

そうして気付く、七生ボディの目線の低さ。当然のことだが何もかもがコンパクトサイズだ。

(これは慎重に行動しないと……。七生の身体に怪我でもさせたら大変だし)

何もかもが本来の士郎の姿で見ている世界とは違っている。

足下から見上げる颯太郎は巨人のようだ。

「それなら父さんも一緒に」

「お父さんは今日までの〆切があるでしょう。それで昨夜も七生を僕らの部屋に寝かせて、仕事をしてたんじゃないの？」

「――あ、そうだった」

(そこも現実と一緒なんだ。こうなると、本当に夢だか現実だかわからなくなってきた――。まあ、これは落ち着いてから考えよう。おかしなことになる前に、目が覚めてくれるのが一番だけど)

しかし、こうしたときに鮮明に残っている過去の記憶が役に立つ。

見覚えのあるものとして認識できるためか、恐怖の感情は湧いてこない。

むしろ、どこまでも不安で怖いのは、この理路整然としない状況であり世界だが、これらは全て後回しだ。

本当なら逐一確認したり、考えたりしたいが、七生のトイレは待ってくれない。

「とにかく僕は学校へ七生の様子を見に行ってくる」

「せめて送って行こうか？」

「それは大丈夫。エリザベスに乗せて行ってもらうから」

「そう――、あ、待って士郎。それでも一応は着替えないと」

「あ」

こうして士郎は、颯太郎に七生の服を出してもらって、パジャマから着替えた。

デニムの半ズボンに半袖のパーカー、ハイソックスという至ってシンプルな普段着だが、パーカーのフードには兎の顔と耳が着いている。

七生用の中でも、意図して可愛らしいものを選ばれた気がするが、これはもう被害妄想かもしれない――と、思うことにした。

（気持ちとしてはオムツパンツを普通のパンツにしたいけど、万が一途中で元に戻ったら、七生がお漏らしをしかねない。そもそもこの調子だと、普通のパンツがあっても武蔵ものになりそうだし、明らかにサイズ違いだ。って！　どうしてこんな心配を自分の夢でしないといけないんだよ!!　ここだけはクマの陰謀説《いんぼうせつ》のほうが救われる気がする）

士郎は改めて深呼吸をした。

気持ちのどこかで八つ当たり先を求めないよう、「落ち着け、落ち着け」と、自身に言い聞かせていく。

（よし！）

そうして気持ちを落ち着けて、いざ出陣《しゅつじん》。

大げさなようだが、士郎からすると免許もなしに車に乗って、公道へ走り出すのと大差がない。

強いて言うなら、自身の幼少時の記憶はあるので、教習程度は済んでいる。が、それでもオートマチック車とマニュアル車くらいの違いはある。

そう考えると、七生が自分の身体で朝から何をやらかしているのか、余計に心配になる。

せめて入れ替わった相手が寧か双葉なら理性的な行動をしてくれそうな気がするのに、七生というところがネックだ。

樹季や武蔵でもお漏らしの心配がないだけマシだが、それでも充功に乗っ取られて好き勝手をされることを考えたら、まだ救いだろうか？

それとも、トイレの心配さえなければ、この際すべてを妥協するべきだろうか？　まで、考えてしまいそうだ。

「あ、士郎。これは誰かに見られても、見ない振りをしてもらえる。保護もされないおまじないね」

颯太郎がそう言うと、念入りに背中を摩《こす》って、ポンポンしてくれた。

うっかり脳内で〝お呪い《まじな》〟という漢字で受け取りそうになるが、士郎は「ありがとう」

と笑って見せることで、自分自身をも誤魔化した。

とにかく今は学校だ！

七生のところへ行くのが先だからだ。

「夢でも保護されるかな？」

「何が起こるかわからないんだろう。これが夢でも現実でも」

「そうだね。けど、僕としたら、お父さんの対応や適応能力がすごすぎて、余計に理由《わけ》がわからなくなってきたかも」

「これでも父さんはにゃんにゃんエンジェルズの原作者だからね」

士郎は颯太郎に見てもらいながら、まずは三階から二階へ続く折りたたみの梯子階段を下りた。

(基本がファンタジー脳って言いたいのかな？　でも、父さんなら日頃から妖精や天使と話をしてそうだよな。それこそ氏神とも――)

二階まで下りれば、あとは普通に階段を下りるだけだ。

そう思っていたら、一段一段の高さに、七生の足の長さがマッチしていない。

(これは、先が思いやられそうだ)

逐一慎重に、行動には気をつけなければ――と思いつつ、士郎は颯太郎と隣家へ向かう。

「まあ、兎田さん。七生ちゃんも。今からエリザベスをお散歩に連れて行ってくれるの？

本当にいつもありがとう」

出会ったときから、いつもニコニコしており、まるで乙女のような可憐さに上品さを持つ亀山さん家《ち》のおばあちゃんには、士郎は七生にしか見えないようだ。

しかし、エリザベスは士郎と目を合わせた瞬間、小首を傾げた。

（――あ、一応翻訳機を持っていったほうがいいのかな？　というか、どこまで現実と同じなんだか、わからないからな――。僕の部屋にあるのかな？）

「くぉ～ん」

〝七生……、士郎？〟

鳴いているだけなのに声が聞こえる。

（え!?　これってどういう意味？　七生の中に翻訳機能がついてるってこと？　もしくは、生まれたときから子守をしてもらっているから、エリザベスの鳴き声で意味を感知、理解し、人間の言葉に置き換えられているってこと？　しかも、エリザベスはエリザベスで、人間の言葉どころか幼児語まで理解しているバイリンガルだから、彼らがツーカーって、こういう感覚なのか!?）

思いがけない発見だった。

これこそ士郎にとっては、棚《たな》からぼた餅《もち》だ。

オムツの心配と秤にかけても、かなり貴重な体験だ。

「申し訳ないのですが、このまま夜までお預かりしてもいいですか？　〆切があるので、エリザベスに七生を見てほしくて」

「どうぞどうぞ。エリザベスも七生ちゃんと遊べて嬉しいものね」

「オン！」

「では、お預かりしますね」

「よろしくお願いします」

そうして士郎は、颯太郎にエリザベスを借りてもらうと、そこからは一緒に散歩へ行く振りをして学校へ向かった。

「エリザベス。驚いているだろうけど、僕は士郎だよ。なんか、起きたら七生と身体が入れ替わっていて、僕の身体で七生が学校へ行っちゃったんだ。それが心配だから様子を見に行くんだけど――。この身体では学校まで歩ききれないから乗せてくれる？」

〝やっぱり士郎ワン！　わかった、乗るワン！　でも、士郎が七生で七生が士郎ってややこしいワンね〟

だが、七生ボディも初めてなら、士郎がエリザベスに跨《また》がるのも初めてだ。

これこそマニュアル車どころではないが、そこはエリザベスのほうが気を遣ってくれた。自ら《みずか》屈《かが》んで士郎を乗せると、ゆっくり立ち上がって歩き出す。

「そうなんだ。たとえこれが夢であっても、どうしてこんなややこしいことに――だよね」

〝夢？　七生はいつも俺とお喋りしてるワンよ〟

するると、オムツパンツのボリュームが鞍《くら》の代わりになっているのか、クッションが効いていて、乗り心地がよかった。

これは思いがけない効果だ。士郎自身は歩き始めると同時におまるで用が足せたし、オムツも取れていたので、今になっての発見が多い。

もっとも、こればかりはエリザベスがいてこその話だが――。

「やっぱりそうなんだ。羨《うらや》ましいな」

〝士郎だって、いつも俺とおしゃべりしてくれるワン！　俺にはわかってるワン〟

「そう……か。そうだね。あとは僕がエリザベスの言葉を、思いを、翻訳機なしでも正しく理解できるようになればいいだけだもんね」

〝士郎はすごいワン！〟

「ありがとう。エリザベス」

士郎は全てを悟ったような口調のエリザベスに、安堵すると同時に今後の目標が明確になった気がした。

すでに大概の言い分なら翻訳機を通して知ることができる。

あとは、日々翻訳されるエリザベスの言葉――微妙に違う鳴き声やうなり声などの数々を、士郎自身が聞き憶えるだけでなく、正確に単語や言葉と紐付けできればいいだけだ。

そしてそれには、この一瞬一瞬が役に立つ。

夢とはいえこうして直接、それも同時通訳のような状況が体験できる。

士郎はこれらを、目が覚めても忘れることがないのだから――。

「じゃあ、急いで学校までよろしく！」

〝任せろワン！　しっかり首輪を掴んでおくワンよ～っ〟

「うん！」

＊　＊　＊

士郎が暮らすオレンジタウンの希望ケ丘町《きぼうがおかちょう》は、最寄り駅から離れるにつれて田畑が残るような都下のベッドタウンで、自宅から小学校までは二キロぐらいある。

この辺りでは珍しいことではないし、届けを出せばバス通学もできるが、士郎や樹季は基本徒歩だ。子供のゆっくり移動で片道二、三十分というところだが、往復するだけでいい運動になる。

しかし、今は颯爽《さっそう》と走るエリザベスに跨がっている。

（すごい！　エリザベスに乗って通学路を走る日が来るなんて！　というか、直ぐに慣れたけど、これって七生の身体に染みついてる乗り慣れなのかな？　僕の運動神経じゃ、こ

うはいかない気がするし）

士郎を乗せている分、エリザベスも全力疾走はしないが、それでも徒歩に比べればあっと言う間に到着だ。

住宅街を通り抜けてきた割に、時間帯のためか誰かに会うこともなく、かなり順調に来られたと、まずは士郎もホッとする。

ただ、そのまま校門を潜ろうとしたときだった。

士郎は背後で物音と人の気配を感じた。

（――あ）

「あら、七生ちゃ……!?」

校門の真向かいに建つ家から、偶然充功の同級生・佐竹《さたけ》の母親が出てきた。

当然、顔見知りな分、見たと同時に声をかけられる。

普通に考えても当然だろう。幼児が一人で犬に乗ってウロウロしていれば、声をかけるし場合によっては迷子か脱走犯扱いだ。

「――、ふふふっ」

（え!?）

しかし、佐竹の母親は、なぜか途中で声かけをやめて、周りをキョロキョロと見回した。

その後は笑顔で手を振り、黙って家の中へ引っ込んでしまう。

（――これっておとうさんのおまじない効果？　それとも夢のご都合主義？　でも、まあいいや。今は放っておいてくれるに越したことはない）

理由はさておき、足止めをくらうよりはいい。

士郎はエリザベスに「行こう」と合図し、校門を潜った。

入ってすぐ、右手には小学校にしては広いグラウンドがあり、左手には真新しい体育館がある。

そして、校門から真っ直ぐに伸びた歩道の先に、一の字を書くように建つ校舎のメイン玄関があり、上のほうには大きな時計が着いている。

時間を見ると、すでに三時間目の途中だ。

しかも、体育館のほうからは、微かに「士郎」の呼び声と共に、歓声にも似たものが聞こえる。

「え？　何。今が体育の時間ってことは、マット運動の予定だっけ？」

着いた瞬間だというのに、もう心臓が張り裂けそうだ。

〝行ってみるワン！〟

「うん」

エリザベスに乗ったまま、恐る恐るだが体育館まで移動する。

そうしていくつかある入り口のうち、扉が開放されている場所を選ぶと、エリザベスから下りてこっそり中を覗き見る。

するといつになく精悍な顔つきに見える士郎が、側転をして見せていた。

それも連続三回だ。

（――え）

これには士郎も驚いた。

何せ運動音痴な自分にはできないことだし、一回転であってもまともにできたことがない。それはどこの誰より知っている。

「すごい！　士郎くん。マット運動が得意だったんだね！」

「本当、すごく綺麗な側転」

「連続なのにまったく身体の軸がブレてないとか、体操部の子を見てるみたい！」

クラスメイトで今年に入って仲のよくなった青葉《あおば》星夜《せいや》と山田《やまだ》勝《まさる》、寺井《てらい》大地《だいち》など手を叩いて大喜びだ。

「士郎く～ん」

「カッコイイ～っ」

普段ならここまで声を上げない女子たちも、大歓声で手を叩いている。

「……誰、あれ？」

士郎が思わず漏らしてしまう。

〝士郎のふりした七生ワン〟

「それはわかっている。わかってるんだけど――」

理解したくないのか、認めたくないのか、士郎は自分の姿をした七生をガン見した。

もともと七生が実年齢の平均よりも、いろいろなことで優れているのは知っている。

やはり、兄たちが六人もいれば、見よう見まねでありとあらゆることを憶えていくのも早い。

今にして思えば、立つのも歩き出すのも早めだったし、何より一歳になったときには、スムーズにエリザベスの背中に乗り降りしていた。乗馬のように乗りこなしていたことを考えると、運動神経もかなり発達している。

だが、士郎が士郎の姿で「うちの末弟世界一！」と思う分には、ブラコン丸出しで心地もよいのだが、七生の中からこれを見るとものすごく複雑な気持ちになった。

これは日頃、自分が本来使えるはずの身体をきちんと使いこなせていないのか、もしくは七生が使えない身体さえ使い切るすごさを持っているのか。

どちらにしても運動神経に関しては負けている感しか起こらないのだが、相手は二歳にも満たない一歳児だ。

これが園児の武蔵か低学年の樹季ならまだ救いようもあるが、一歳児に負けを認めるのは、士郎としてもかなりきつい物がある。

「士郎！　他にも何かできるの？」

「できるなら見せて！」

「俺も見たい！」

「いーよー」

しかし、そんな士郎の葛藤《かっとう》を余所に、七生は笑顔で了解すると、かけていた眼鏡を外《はず》して大地へ預けた。

そして、長く敷かれたマットへ勢いをつけて側転二回からのバック転を披露《ひろう》。ピタッと着地が決まった瞬間、体育館内では本日一番かという大歓声が上がる。

（側転だけでなくバック転まで！　本来の身体では一度だってしたことがないのに。ってことは、この幼児姿だからできないんであって、僕の身体ぐらいあれば、七生はもうここまでできるってことなの⁉）

士郎は思わず叫びそうになった口を両手で押さえた。

大地から眼鏡をかえしてもらった七生はと言えば、それをかけると得意げにフッと微笑み、さらに女の子たちからの歓声を浴びている。

「嘘っ！　なんか今日の士郎くんいつもと違う！」

「うんうん。カッコイイ～」

「一、二時間目は窓の外ばっかり見てたし、ちょっと居眠りもしてたけど。でも、普段は見せないウトウトしている姿まで含めて、今日は特別にカッコイイ！」

しかも、何か聞き捨てならないことまで言われている。

「エリザベス。あれはどういう意味だと思う？」

士郎は大人げないと思いつつ、だが僕はまだ十歳だ！　を免罪符《めんざいふ》に、エリザベスに問いかける。

〝俺の口からは言えないワン〟

すると、こんなときに限ってエリザベス――だが犬だ!!――に大人な態度で返されて、士郎は説明のしようがない腹立ちを憶えた。

ついついい両手でエリザベスの首輪を掴むと、

「それは賢いね、エリザベス。いいんだよ。ようは僕より七生のほうがカッコイイってことだから。運動神経もいいし、側転どころかバック転までビシッと決めて。何より僕なら絶対にしないような格好つけた笑みまで浮かべて見せて。ってか、今のあれって誰の真似？　七生はいったいどこであんな澄ました表情を憶えたんだよ。まさかエリザベスが教えたの!?　お漏らしを心配してここまで来た僕の立場は!?」

感情のままにブンブンと揺さぶった。

さすがに大型犬の中でも重量のあるセントバーナードだけに、首ごと揺さぶられることはないが、それでも普段がクールな士郎だけに、エリザベスも〝あわわっ〟と驚きが隠せない。

〝落ち着けワン！　きっと今のは全部合わせて、充功やテレビの真似だワン！　それに、たとえ運動神経が抜群でバック転ができたからって、お漏らしをしないとは限らない。七生はいつも跳んだり跳ねたりテレビの真似もするけど、オムツでちーしても決めポーズをとるような一歳児ワン！〟

「――っ!!　確かに、そう言われたらそうかも。というか、ここまでカッコイイって言われて、お漏らしをされた日には天国から地獄なんてものじゃないよっ。想像しただけで登校拒否だって！」

そうして士郎は、よりにもよってエリザベスに説得された。

それだけならまだしも、最悪の事態を招く可能性ばかりが大きくなっていくことに、頭を抱えてしゃがみ込む。

だが、現実でもないのに、夢もこの状況で待ったはかけてくれない。

校舎のほうからチャイムの音が響いてくる。

〝それより授業が終わったワン。みんなこっちへ来るワンよ！〟

「――あ、うん。こっち」

士郎はエリザベスを連れて、いったん水飲み場の陰に隠れる。

体育館の中からは、マットを片付け終えたクラスメイトたちが、ゾロゾロと校舎のほうへ移動していく。

しかも、偉そうに先頭を歩いているのは七生だ。

これも普段の士郎からは考えられない行動だが、七生の左右と後方を陣取る大地と勝、星夜の三人は、いつにも増して嬉しそうだ。

自ら「士郎信者」を公言しているだけはある。

もっとも信者の名乗りを上げるなら、中身が違うことに気づいてよ！　とは、思ってしまう士郎だが——。

（ああ……、確かにああいうところは充功の影響かな。エリザベスの観察力もすごいな）

そうして七生たちは、校舎の中へと消えていく。

〝七生たちが入ったワン。あとを付けるから乗るワン〟

士郎があれこれ考えている間も、エリザベスは七生から目を離すことがない。

辺りに人気がないのを確認してから、士郎は再びエリザベスに乗って、校舎のほうへ向かう。

とはいえ、今は休み時間。短いものであっても、廊下に人の行き来は増える。

士郎は四時間目が始まるのを待ってから、校舎内へ入ることにした。

そして、数分後——。

〝士郎。チャイムが鳴ったワン。行こうワン〟

「本当に頼もしいね、エリザベス。あ、でも待って。校舎内に入るんだから、ちゃんと足は拭かないとね」

すっかりやる気になっているエリザベスだったが、士郎は待ったをかけた。

玄関に置かれた足拭きマットを指さし、エリザベスに足の裏を擦らせたのだ。

今日は天気もいいし、特に泥が付いていたわけでもないが、外から屋内へ入るときのお約束は絶対だ。こんなときでも士郎は礼儀や躾《しつけ》を忘れない。

〝しっかりものの士郎も頼もしいワン〟

「ありがとう」

そうして士郎もエリザベスと一緒になって、小さな靴の裏をマットで拭いた。

ここからはさらに注意を払って、七生が向かった四年二組の教室を目指すことになる。

授業中であっても、いつ誰が廊下を通るとも限らない。

特に校長や教頭は、自主的に各教室を見て回ることが多い。

何せ、些細な問題が大事件に繋がるケースも少なくない小学生が相手だ。

念には念を入れて見ておくことに、何一つ無駄はないというのが、彼らの教育方針でもあるからだ。

「もうすぐ夏休みなので、今日もこれまでのお復習《さら》いをします。いつものように順番で答えていってね。士郎くん。まずは東京都の水源について説明してください」

そうして四年二組の前まで来ると、担任である新川《あらかわ》の声がした。

ほっそりしたシルエットに優しい面立ちで、かけた眼鏡が持ち前の穏やかさを際立《きわだ》たせる男性教師。二十代後半で、当校ではまだ若いほうの先生だが、とても生徒思いで士郎も大好きだ。

とはいえ、四時間目の社会では、名指しをされてしまう。

前回の続きとはいえ、こんなときに限ってついていない。

「エリザベス。悪いけど台になって」

〝任せろワン〟

士郎は慎重にエリザベスの背に立つと、廊下側の窓の縁に手をかけて中を覗いた。

「士郎くん？」

呼ばれても答えることのできない七生は、すでに一、二時間目の授業で黙ってやり過ごすという技でも身に着けたのか、うんともすんとも返事をしない。

だが、士郎からすれば、これは一番失礼だ。

（七生！　東京都の水源は、そのほとんどが河川水《かせんすい》。約78パーセントが利根川及び荒川水系で、19パーセントが多摩川水系だよ）

こんな状況だけに、念が通じるならと思うが、さすがにそうはいかなかった。

（わからないなら、せめてごめんなさいをしろ！　僕の姿をしてるって自覚はあるんだろう！）

　とはいえ、さすがに殺気だけは伝わったのか、七生がハッとしたように廊下側へ顔を向けてきた。

　すると、一瞬だけだが目と目が合う。

　鏡でもないのに自分に見られるという、これはこれで摩訶不思議な現象だ。

　それにしたって、急に七生が廊下を見たものだから、新川や周りの生徒たちまでいっせいにこちらを見てきた。

　士郎は慌てて頭を引っ込める。

　それにもかかわらず、七生がいきなり「やーっ」と声を上げた。

（なんだって!?）

　どういうつもりなのかはわからないが、七生が士郎に向けた抵抗なのは間違いないだろう。

「え!?　それって、答えたくないってことなの？　士郎くんが？」

　ただ、再び周囲の視線が集まると、困惑する新川に七生がはっきり「あいっ」と返事をしていた。

（あいじゃないよ、せめて、はいだろう！）

「先生！　士郎くんだって、いつも勉強のことばかりはいやなのかもしれない！」

士郎は今にも叫びそうになったが、そこは挙手《きょしゅ》してまで発言をした星夜のおかげで、グッと堪《こら》えることができた。

「そうだよ、先生。士郎、今日はめちゃくちゃ体育を頑張ったから、勉強はおやすみデーなのかもしれない。っていうか、士郎にだってそういう日があっても不思議じゃないと思う。だって、そうじゃなかったら脳みそが疲れちゃうよ！」

そこへ勝までもが意見をしたものだから、周りの生徒たちまでもが「そうだ」「そうよね」という流れになった。

「うんうん。俺もそう思う。士郎だって毎日神童でいるのは疲れるんだよ。そうでなくたって、家ではお手伝いもして、子守もしてるんだし」

「私は今日みたいな士郎くんも、あっていいと思う！」

「俺も賛成！」

その後も大地を筆頭に、次々と意見が出された。が、それらはすべて今日の七生を庇うものだ。

しかし、士郎からすれば、それはそれで、これはこれだ。せめて返事だけはちゃんとするように叱ってくれないと――と思うが、七生の「あい」は「はい」だ。

運動神経ほど言語能力が育っていなくても、実際の年頃から考えれば、充分周りの言葉を理解し、また受け答えをしていることになる。

「まあ、確かに。みんなの言うとおりかもね。でも、そしたら誰か、士郎くんの代わりに答えてくれるかな？」

ただ、そんな根本的なことは度外視《どがいし》で、七生はそうとは知るよしもない新川にも許されてしまった。

「はい！」

「はーい」

「では、星夜くん」

「はい。東京都の水源は、そのほとんどが荒川と利根川で、残りが多摩川です」

代わりに星夜が答えて、この場の授業もいつも通りに進んでいく。

七生が「やー」と言ったぐらいでは、学級崩壊も起こらない。

むしろクラスメイトが一致団結。七生を庇うようにして、挙手をする子供が増えるのだから、担任として何一つ文句はないだろう。

もちろん、こうなるにいたっては、士郎本人の日々の努力があってこそだが――。

（これって、ものすごく良し悪しな気がするんだけど……。まあ、夢だし、起きたら何もなかったことになってるんだから、そこまで気にする必要もな――、あ。トイレに行きたいかも？）

しかも、あれだけ心配をした生理現象も、士郎のほうに先に来た。

やはり同じ子供でも、身体が小さい幼児のほうが、体内の水分量が多いからだろうか？　その上、膀胱《ぼうこう》の大きさも違うだろうし——と考えつつも、士郎は教室の様子を見るのをやめた。

　エリザベスの首に抱き付き、そっと耳打ちをする。

「ごめん、エリザベス。トイレに行きたくなっちゃった」

〝わかったワン〟

　そうしていったん教室を離れると、士郎たちは廊下を真っ直ぐに進んで、階段前にあるお手洗いへ向かう。

　だが、そのときだ。

「え？　七生。エリザベスまで、どうしてここに？」

　偶然、樹季が階段を上がってきた。

　トイレの扉を開ける前に、声をかけられる。

「樹季こそ。今は授業中でしょう」

「僕は友達を保健室に連れて行ったから、そのお兄ちゃんの先生に一応報告を、って！　どうして七生がそんな士郎くんみたいなこ——っ!!」

　教室の階が違う樹季が現れた理由はわかったが、同時に声を上げられそうになり、士郎はいつになく大げさに「しーっ」とジェスチャーをしてみせた。

「それは僕が士郎だからだよ」

あえて小声で、内緒話をするように真相を打ち明ける。

「？」

少女と見まごうばかりに可愛い顔をポカンとさせて、樹季が首を傾げた。

「だから、僕が士郎で、今士郎の姿をしているのが七生なの。どうしてか目が覚めたら入れ替わってたんだよ。それに気付いたから、慌ててエリザベスに連れてきてもらったんだ。だって、七生が僕の振りをして学校へ来ているなんて、気になるだろう」

「……」

さらに詳しく説明するも、樹季の眉間に皺が寄る。

だが、これはこれで正しい反応だ。

いきなり「そうなの！」と、頭ごなしに信じてしまうよりは、兄としては安心できる。

警戒心は大事だ。

（だよね。さすがに信じられるわけがない。それに、夢だからって思うようにはいかない。

不都合なことは、山のようにあるんだろうし――）

ただ、この先どうしたものかと考えたときだった。

「えっと……。そしたら、士郎くんなのに僕の弟ってことなの？」

樹季なりに言われたことを考えてみたのだろう。

自身を基準にしてこの状況を理解すると、こういう発想になるようだ。

「それは逆。見た目は七生だけど、僕が樹季のお兄ちゃんってこと」

「わ！　そういう説明、本当に士郎くんだ！　七生なのに士郎くん。僕の弟なのに、お兄ちゃんだ！」

（――違った！　これって、僕が本物かどうかの確認だったんだ）

しかし、実際はそうではなかった。

目の前の七生が本当に自分の兄・士郎なのかどうか、樹季なりに考えて、ああした言い回しをしていたのだ。

この辺りは、さすがは士郎が手塩にかけた初めての弟だ。溺愛しすぎて甘やかしてしまった反省はあるものの、見た目通りの可愛い屋さんではない。

七生同様、侮《あなど》れない存在だ。

「ちょっ、樹季っ」

その上、この抱き付き癖は、颯太郎からの遺伝だろうか？

樹季は見た目が七生なのに、中身が士郎ということに大感激したのか、ひょいと抱き上げるとほおずりキッスをしてきた。

もれなくお尻ポンポンも付いてくる。

「でも、やっぱり僕には、お兄ちゃんなのに弟って思えるほうがいいな～。赤ちゃん士郎くん、すっごく可愛い～」

さすがに颯太郎ほど軽々ではないが、それでも力の限り「よいしょ」と抱き上げ、超ご機嫌だ。

士郎としても、信じてもらえなかったり、気味悪がられて避けられるよりはいいと思うが、その反面、なぜか下剋上《げこくじょう》を食《く》らっているような気がする。

これも被害妄想だろうか？

「いや、だからそれは七生が可愛いからでしょう。僕はそうじゃないだろう」

「え～。中の士郎くんが可愛いんだよ～。僕がしっかり守ってあげなきゃってなる。ね、エリザベス」

(やっぱり下剋上だ！)

樹季の場合、言い方はとても可愛いが、何をしても絶対に敵《かな》わないと思っていた無敵な士郎が、自分の手中に収まる大きさになっていることが単純に嬉しいのだ。

神童でスーパーヒーローな僕のお兄ちゃんも大好きだが、その士郎をこうして我が手で自由にできることのほうが、彼自身にはもっと価値がある。

さすがは、地球は自分を中心に回っているレベルの可愛い屋さんは違う。

士郎からすると、問題は七生だけではなかったことを痛感するばかりだ。

「くぉ～ん」

それを裏付けるように、樹季から同意を求められたエリザベスがそっぽを向いた。

しかも、士郎の本当の悲劇は、ここからだ。

（え？　あ……）

そう。今の自分には、七生ボディの尿意までは、コントロールができなかった。

ちぴっとだが、オムツにちーしてしまったのだ。

（ん？）

その上、何やらもっと大きな生理現象が襲って来そうな予感がする。

しかし、ここは学校だ。

小学校とはいえ、おまるサイズの便器はなく、便座も全て洋式だ。

男児用の小便器なら踏み台があればどうにかなりそうだが、ここで個室利用となったら、おそらく誰かの手助けがいる。が、これればかりは助けられたくない。

本日最大の緊急事態発生だ。

「ん？　どうしたの士郎くん。あ、もしかして、おトイレだった？　僕、手伝おうか！」

すると、察しのいい樹季がこれに気がついた。

「それはいい！　自分でできるから絶対にいい！」

「え〜。でも、今の士郎くんだと、お尻が便器にはまっちゃうよ」

完全にバレている。

その上で、お手伝いと言いつつ「うふふふっ」と天使のようにはにかみながら、悪魔の笑いを浮かべてくる。恐るべし樹季だ。

だが、こういう子に育ててしまった大半の責任は、士郎自身にある。

「それより急用を思い出したから帰らなきゃ。とにかく樹季は、この授業が終わったら七生を見てあげて。そしてトイレに連れて行って、おしっこだけさせて」

こうなると、七生に預けてある自分自身の体面と、七生ボディながらも実感が伴う自分の精神力との戦いだ。

しかし、自分に七生の尿意がコントロールできないということは、その逆もしかりだ。

士郎の身体にしっかりと刻まれている生活リズムを七生の勝手でコントロールができないのなら、昼に一回トイレに連れて行けば、どうにかなる。

そして、人の身体で側転・バック転ができるなら、トイレで用を足すぐらいは簡単にできるだろう――と、信じたい。

むしろできなかったら、どうしてだよ!?　トイレのほうが簡単だろう！　と、逆ギレを起こしそうだ。

「大変だろうけど、帰りも一緒に帰って来て。いい、間違っても今の七生を野放しにしないでね。これは樹季にしか頼めないことなんだから、お願いね！」

士郎は、あとがない危機感からか、猛烈に捲《まく》し立てた。

「──う、うん。わかった」

さすがに樹季も気迫負けして、士郎からのお願いを承知する。

「エリザベス！　帰るから急いで」

そうして士郎は、エリザベスに跨がると、首輪を力強く掴んでこの場から立ち去った。

まるで愛馬に跨がる騎士のごとく颯爽と。

「オン！」

ただし、士郎が抱く生理的な危機感が、我が身にも拘わってくることが理解できているのだろう。乗せた士郎を気遣いながらも、エリザベスは一目散に自宅へ走った。

〝トイレに着くまで我慢するワン！　俺の背中はトイレじゃないワンよ～っっっ〟

なんとしても最速で士郎をトイレへ叩き込もう。

もしくは、おまるに跨がらせようと、それはもう必死で──。

3

エリザベスの首にしがみついて自宅まで戻った士郎は、「ただいま！」と叫ぶと一目散《いちもくさん》にお風呂場へ向かった。

颯太郎を呼ぶどころか、玄関の鍵がかかっていなかったことさえ気にしていない。

士郎にしては珍しいどころか異例だが、それほど慌てて帰宅をし、バスチェアーを掴んで、そのままトイレへ駆け込んだということだ。

しかも、とりあえずズボンとオムツパンツを脱いで、バスチェアーを踏み台にして、洋式便座へ腰を下ろす。

だが、便座と比較し、考えていた以上に小さかった七生のお尻では、気を抜くとそのまま中へはまり込んでしまいそうだった。

士郎はできるだけ両脚を開いて踏ん張り、便座部分もしっかり両手で掴む。

この体勢に覚えがあるのは、いつも飛びきれないで止まってしまう跳び箱のせいだろう。

準備万端整ったところで、踏ん張ってみた。

(あれ、これだけ？)

ただ、ホッとした瞬間に済ませたのは、小のほうだった。

それも先ほど同様、ちっとした程度だ。

てっきり大のほうだと思い、大慌てで帰ってきたが、これなら学校でしてもよかったかもしれない。

だが、これこそあとの祭りだ。

「な～んだ。――ひっ!!」

一瞬の気の緩《ゆる》みが、士郎を改めて悲劇のどん底へ送り込んだ。

お尻がスッと落ちたと同時に、便器の中にはまってしまったのだ。

「ひぃぃぃっ！　助けてエリザベスっ!!」

しかも、慌てて動いたために、士郎もとい七生のお尻はジャストフィット。

あまりに便座の中にピタリと収まってしまったがために、どんなに両腕や肘に力を入れても動けない。

七生の身体で出せる力では、お尻を持ち上げることができなくなってしまったのだ。

〝あわわっ。今助けるワン！〟

その上、エリザベスに助けを求めるも、特別に広いわけでもない自宅トイレにセントバーナードが楽に入れるわけもなく。廊下側からの引き扉だったことが禍《わざわ》いし、かえって頭突《ずっ》きで閉めてしまった。

〝あ〟

――バタン！

毎日聞き続けているはずの扉の音が、これほど無情に聞こえたことはない。

「うわぁぁぁっ！　嘘!!」

便座にはまり込んだままの姿で閉じ込められた絶望感たるや、想像を絶するものがあった。

こうなると、せめてエリザベスの姿を見られるだけでも心強いだろうに、士郎は細やかな希望さえも奪われてしまう。

〝士郎、ごめん！　開かない！　大丈夫かワンっ!!〟

これにはエリザベスも慌てて、前足で扉をカリカリ、ドアノブをカリカリしている。

「それより、お父さん。エリザベス、お父さんを呼んで！」

〝わかった！〟

「オオーン！　オンオン、オン。オオーン」

承知とばかりにエリザベスが吠える。

しかし、こんな大事なときに限って無反応。エリザベスが吠えるのを止めたときには、自宅内がシン……と静まりかえったほどだ。

それに、これだけ吠えたというのに、隣から「何を吠えているのエリザベス！」と叱る、おばあちゃんの声さえ聞こえない。

おじいちゃんの声もだ。

〝返事がないワン！　パパさん、出かけてるっぽいワン！　もしかしたら、ちょっとそこまでお買い物とか言って、じじばばを連れて出かけたかもしれないワン！〟

「あ、そう言えば車がなかった。けど、そんな――。鍵だって開いていたし、閉め忘れ⁉だとしても、こんなときにどこへ行っちゃったんだよ。お父さ〜んっ。助けてぇ〜っ」

時が経てば経つほど、また状況が明らかになればなるほど、士郎の絶望度合いが増していく。

〝士郎〜っ〟

「エリザベス〜っ」

本来の姿で閉じ込められたならまだしも、無力な七生の姿でおまけに身動きが取れないとあり、さすがに士郎でも冷静さを欠いてくる。

しかし、そのときだ。

「ちょっ、エリザベス！　士郎の声が外まで響いてきたぞ。なんの騒ぎだ！」

一瞬で我に引き戻されるような声がした。

「え、充功？　どうしてこんな時間に帰宅？」

扉越しであっても、聞き間違えるわけがない。

「ワンワン！」

エリザベスも〝助かった！〟とばかりに喜び勇《いさ》んでいる。

「何？　トイレの鍵でも壊れたのか？　士郎が閉じ込められてるのかよ」

言うと同時に、充功がドアノブを握り締めたのがわかる。

すると士郎は咄嗟に叫んでしまった。

「いや、ちょっと待って。開けないで、充功！」

ここへ来て冷静になれたのは、有り難いより残酷だ。

むしろ、混乱したままギャーギャー叫んでいたほうが、本来の士郎の性格ならば、のちのちマシだと思えるだろう。

「は？　これだけ騒いで、何を一体！」

しかし、鍵が壊れたわけでもない扉は、すぐさま充功によって開けられた。

「ひっ!!」

「――っ、七生!?　どうして便器になんかはまってるんだ。それも風呂場の椅子なんか持ってきて――。まさか、一人でトイレの練習か？　それとも士郎がさせたのか？　ってか、士郎はどこへ行ったんだよ。確かに声がしたよな？」

士郎の混乱、困惑は、その場で充功のものとなったが、それでも七生の身体は充功の手により救出された。

「くぉ～ん」

心配で仕方なかったエリザベスも、両脇を掴んで持ち上げて、「よいしょ」と便座の中から引き上げられた姿を見ると安堵したようだ。

(――どうしよう。最悪だ)

しかし、下半身丸出しで持ち上げられた士郎の新たな悲劇はここからだ。

無意識のうちに両脚を縮めて股間を隠しているのは、すでに羞恥心が育っている十歳児らしい動作だ。

「あーあー。こりゃ、すぐにシャワーをしないと駄目だな」

それでも充功は特に気にするでもなく、濡れたお尻から廊下に被害が及ばないよう、七生を抱えたまま足早に移動した。

浴室に七生を下ろしてからシャワーの温度を調整し、さっそく不本意な水たまりに落ちたお尻を洗ってくれる。

こうしたところは、さすがは七人兄弟の三男だ。物心が付いたときから今日この瞬間まで、伊達《だて》に園児、幼児の子守に参加してきたわけではない。

しかし、だからこそ口を閉ざしたきりの七生を変に思ったのだろう。

「おい、七生。さっきからなんだ。何とか言え。これだけ面倒かけて助けてもらってるんだから、まずは〝ありがとう〟だろう」

よりにもよって、士郎は充功に叱られてしまった。

それも必要最低限の挨拶がなっていないと、至極《しごく》真っ当な内容でだ。

「あ……、あっとね～」

苦肉《くにく》の策とはいえ、士郎は七生のふりをして御礼を言った。

（――やばい！　まずい!!　何もこんな失態《しったい》を充功に見られなくてもいいのに！）

すでに違う理由で顔面が蒼白になりかけていたが、それでも普段から聞き覚えていた七生の喃語《なんご》でまずは〝ありがとう〟だ。

「っ!?　お前、本当に七生か？　なんか、違わないか？」

だが、これに充功は眉を顰めた。

何がどう引っかかったのかは充功のみぞ知るだが、伊達にブラコンなお兄ちゃんはしていないということだろう。

ジッと疑いの眼差しを向けてくる。

「え～。なっちゃよ～」

士郎は全力で七生の振りを続ける。

こんなことになるなら、混乱したまま「助けて充功！　僕は士郎だ!!」と叫んでしまえばよかったものを、変なところで我に返ったことが徒《あだ》となった。

しかし、ここまで来たらあとへは引けない。

今更「実は――」とも言いづらい。

「なんか、怪しいな。それよりさっきは士郎の声がしたよな？　助けてくれって叫んでいたのは、士郎だったよな？　エリザベス！　士郎はどこだよ。父さんは⁉」

疑い続ける充功は、心配してついてきていたエリザベスに疑問を向けた。

「く、くぉ～ん」

エリザベスにしたって、どうしていいかわからないだろう。

小首を傾げて、視線まで逸らす。

だが、充功の疑問が懸念になり、それが苛立ちに変換するのは早かった。

「なんだよ⁉　わからないのか？　誰もいないのか！」

つい声を荒らげると同時に、シャワーを持つ手にも力が入った。

その拍子《ひょうし》に、お尻を洗っていたはずのお湯が、士郎の顔を直撃する。

「ぶわわわっ！」

「あ、ごめん」

咄嗟に謝罪を口走り、蛇口を閉めてくれたものの、士郎は頭からずぶ濡れになった。

それこそウサギのパーカーまで濡れて張り付いてしまい、これ以上ないほど最悪な気分に輪をかける。

「何するんだよ、充功っ。よく見てよ！」

とうとう感情のままに口走ってしまったが、その瞬間充功が両目をカッと開いた。

「――!!」

（しまった！）

そう思ったところで、さすがに遅い。

「……士郎？」

「ふ、ふへへ」

「誤魔化したって無駄だ。目が笑ってねぇ。いったいこれは、どういうことなんだ！」

「っっっ」

取り繕うように笑って見せたが、その表情がすでに七生のものではなかったのだろう。

充功は士郎の肩をガッツリ掴むと、見た目が七生なのもお構いなしに、ガクガクと揺さぶってきた。

それこそ丸出しの下半身から何から全身を揺さぶられて、士郎もこれ以上は気を回していられなくなる。

「せ、説明はするから、まずはここから出して！　洋服も持ってきて！　あと、トイレの床も濡れただろうし、先に掃除もして！　そしたら、全部きちんと説明するから!!」

「うわっ！　その人使いの荒さ。やっぱりお前は士郎だ！　どんなに姿を変えて見せても、俺にはわかるぞ。騙《だま》されないからな！」

捲し立てた士郎に、充功は鬼の首でも取ったように叫んだ。

十歳児が一歳児になっているというのに、充功には「どうしてこんな姿に⁉」という不安や疑問はないようだ。

むしろ、わざとこんなことをしているだろうという口ぶりに、とうとう士郎は仁王立《におうだ》ちして叫んでしまう。

「それってどういう判断基準なんだよ！　失礼なっ」

その後は「ふんっ！」と腕組みをしてそっぽを向いたが、充功からすれば、頭からずぶ濡れの七生が下半身丸出しでふて腐れているだけだ。

しかも、それが今の士郎なのだとしたら——。

「ぶっわっはははははっ！」

心底から笑うしかない。

それも指までさして、大笑いだ。

「……っ」

士郎は、遠慮も何もない充功の爆笑にとどめを刺されて、屈辱の中で膝から崩れた。

最後は両手、両膝を付いて奥歯を噛み締めるも、蒙古《もうこ》斑《はん》が残るぷりんとした愛らしいお尻にバスタオルをかけられて、何かがプツンと切れる。

恥辱《ちじょく》と屈辱《くつじょく》に苛《さいな》まれて、ここは赤ん坊らしく「うわぁぁぁんっ」と泣いてしまった。

三十分後――。

さすがに無力な姿の士郎に泣かれて反省したのか、充功は言われたことをせっせと済ませてから、リビングへ落ち着いた。

未だ学生服のままだが、ようやく事情説明までこぎ着ける。

「七生の服が、これしかないわけないよね？」

しかし、泣き止んで落ち着いたはずの士郎の目つきは、以前にも増して座っている。

着せられたのが、半袖長ズボンの夏用着ぐるみパジャマ。それも、フードに大口を開けたサメの顔がついている、全身がサメに食われているバージョンだったからだ。

「いや、せっかく風呂も入ったし、そのまま寝られたほうが楽だろう」

「まだ昼だよ！　だいたい同じパジャマなら、もっと他にもあるだろう！」

はたから見ている分には（七生は何を着ても可愛いな）などと思っていたが、自分が着せられると話は別だ。

これをはしゃいで着られる一歳児には、何があっても、もう戻れないのだと実感したのもある。

「別にいいじゃんよ～。――で、目が覚めたら七生と士郎が入れ替わってたって？　ってことは、朝飯《あさめし》で〝めー〟してきたのは七生ってことなのか？」

とはいえ、充功は大満足なのだろう。

可愛い七生に可愛い格好をさせて、それでインテリクールを地で行く士郎を凹ませられるのだ。日頃から神童士郎をおちょくりたくて仕方のない充功からすれば、一石二鳥なんてものではない。

しかし、そうとわかれば、士郎もふて腐れるのは止めにした。

ここで開き直ることにした。

それが一番充功の思い通りにならないし、面白みを奪えるからだ。

「そういうことになるかな。多分七生は、起きたときから自分が士郎になったと自覚がある上で行動をしている。心配になったから学校に見に行ったけど、堂々たる士郎ぶりだった。体育では側転して、バック転して、社会の授業は〝やー〟って放棄して」

そうでなくても、今日の士郎には、これでもかと言うほどふて腐れる理由がある。

だが、これを聞いた充功がなぜかハッとした。

「何、お前。その姿で学校まで行ったの？　あ、だから上着にこんなのが貼ってあったのか！」

七生に身体を乗りこなされている事実に大はしゃぎするかと思いきや、濡れた紙を取り出した。

サイズはA6からB5判くらいのシール用紙のようだが、「声かけ禁止マーク」と「はじめてのおつかい撮影中！」の文字が重ねて書かれている。

颯太郎がいつの間にこんなものを作ったのかはわからないが、道具だけなら揃っているのが三階の仕事部屋だ。士郎が他のことに気を取られている間に、ちゃちゃっとパソコンで作って、プリンターで刷りだしたのだろう。

そして、ウサギのパーカーの背中には、おまじないと称してこれが貼られた。

どうりで校門前でばったり出くわしたはずの佐竹の母親が、何も言わずに引き返したわけだ。

七生の近くには颯太郎が隠れて見ているから大丈夫！

むしろ邪魔になったら大変だわ!!　と、気を利かせたのだろう。

「――お父さん」

ある意味、理《り》にかなったおまじないの効果があったわけだが、それにしても事実を知った士郎の脱力感は半端《はんぱ》なかった。

これで見逃してくれた佐竹の母親がどうこうというよりも、こうしたことをさも当然とやってのける一家だと思われていたことを痛感したからだ。

たとえ夢でも――。

「それにしても、これってどういう現象なんだ？」

「これは僕の夢だから、そのうち目が覚めたら、そこで終わるよ」

ようやく本題に切り込んできた充功だったが、士郎はさらっと切り返した。

「何、そしたら俺は今、お前の夢の中にいるのかよ？」

「充功がいるわけじゃなくて、僕が勝手に見ているだけだから」

「それでトイレにはまったお前を助けた挙げ句に、洗って、着替えさせてって、どういう配役なんだよ」

「そんなのこっちが聞きたいよ。父さんや兄さんたちにされるならまだしも、なんでよりにもよって充功なんだよ。そっちは忘れても、僕は忘れられないのに！」

冷静に返すつもりが、どうしても話が進むにつれて、感情的になってくる。

「俺に切れるなよ！　これが夢でも現実でも、お前と七生を助けた恩人だろう」

「そんなのわかってるよ！　だから腹が立つんじゃないか」

だが、こればかりは仕方がない。

感謝と羞恥は別物だ。

ましてや相手が充功では、一生の笑いネタを握られたとしか思えない。

そして自らの失敗でトイレにはまった屈辱も、士郎は一生忘れられないだろう。

そう――夢でも現実でも一番の問題はここだ。

士郎はどんなに不都合なことが起こっても、忘れて終わりにできない記憶力がある。自分の中で見ない振りはできても、決してなかったことにはできないとわかっているから、腹立たしいのだ。

「すげえ横暴《おうぼう》さだな」

――と、そんなときだった。急に家電話のベルが鳴った。

充功がダイニングに置かれた親機に駆け寄り、まずはナンバーディスプレイに目をとめる。

「どこの番号だ？」

「僕にも見せて」

充功はピンとこないようだった。

しかし、小脇に抱えてもらった士郎は、表示された番号を見た瞬間ハッとする。

「それ小学校の保健室だよ」

「まさか七生が何かしたのか？　やっぱり士郎のまま、お漏らしか！」

「縁起《えんぎ》でも無いこと言わないで！」

さらなる緊急事態か⁉　と焦りながら、充功が空いた片手で受話器を上げる。

〝もしもし！　お父さん⁉〟

通じたと同時に声を発してきたのは樹季だった。

「ん？　樹季か。どうした？」

〝え、みっちゃん⁉　あのね。七……、士郎くんが、お昼休みにおトイレに連れて行ったら、急に眠くなったみたいでぐずりだしたの。だから、保健室に連れて行って、ベッドに寝かせたんだけど、先生がお父さんにお迎えに来てもらいなさいって〟

樹季は一瞬「七生が」と言いかけて「士郎くんが」と直した。

こちらの状況がわからないから本当のことは言えないと判断したのだろう。

なかなか賢い――と、士郎は感心する。

だが、今はそれどころではない。

ここで士郎が想定していなかったパワーワードが、新たに加わったからだ。

「眠くなって、ぐずった？　ってか、その士郎って、七生だよな⁉」

士郎には、まったく覚えのない状況だった。

自身の記憶を辿っても、そんな当たり前の生理現象から〝ぐずる〟なんてしたことがないからだ。

これこそ頭では理解ができても、実感が伴わないので、今この瞬間の自分がどういう状態なのかがまったく想像がつかない。

強いて言うなら、弟たちがぐずる姿は見てきているので、それを自分に置き換えて――となるが、頭が拒否する。

トイレにはまっている七生の姿以上に、見たくない兎田士郎の姿だからだ。

〝あ、そう！　みっちゃんも知ってるなら、隠さなくてもいいんだよね。あのね、僕には七生が寝ぐずってるだけってわかるんだけど、先生たちは士郎くんがこんな泣き方をするなんて！　って。どこか痛いか、病気じゃないかって心配しちゃって。だから、お父さんに来てもらって、病院へ連れて行ってって、言われたの。今も先生が電話するって言ったんだけど、それだと本当のことが言えないから、僕がしますって電話を借りたんだよ〟

こうなると、授業態度がどうこうよりも問題だ。

突然のことだっただろうに、きちんと対応している樹季が二年生ながら頼もしいなんてものではない。

「うわ～っ。天下の神童様が突然寝ぐずり始めたら、そりゃ病気か何かだと思うよな。わかった。俺がチャリで迎えに行くよ。今、父さんがいないから」

〝うん。そしたら、先生にはそう言っとく！〟

「おう。樹季も大変だろうけど、頑張れよ！」

〝大丈夫！　だって僕、お兄ちゃんだから任せて！　じゃあ、早く来てね〟

そうして慌ただしくも、話が終わると電話が切れた。

「お兄ちゃん？　まあ、中身に対してはそうなるか」

充功は受話器を置くと同時に、小脇に抱えていた士郎も下ろす。

「ううん。樹季の張り切りは、そういうことじゃないと思う。中身にも外見にも、今だけは僕が士郎くんのお兄ちゃんだ！　で、張り切ってるんだと思う」

「それでもちゃんと面倒を見てくれてるんだから、誉めてやらねぇとな。ぶっちゃけトイレにはまった七生士郎の救出よりも、寝ぐずる士郎七生のほうが、世間体から何から始末に悪そうな気がするしな」

「――」

士郎が黙るしかないのを横目に、充功が急いで玄関先へ向かう。

「それにしても、士郎の姿で寝ぐずりか――。やってくれるな、七生も！」

下駄箱の脇にかけられた自転車の鍵を手にして、充功がスニーカーに足を入れる。

「お漏らしに気を取られてうっかりしてたよ。これもメンタルリープみたいなものかもしれないけど」

士郎はそれを見送りながら、大きな溜め息をつく。

その背後にエリザベスが付いて歩き、一緒になって肩を落としているようにも見える。

「なんだそのメンタルリープって？」

「赤ん坊の脳の成長に合わせて、周期的にぐずりが出やすい――みたいな説のこと。ようは、生まれてからいろんなことに興味を持って、できることが増えていく中で、でもすぐには思うようにならないことも多いでしょう。でも、そうした場合、ぐずるとか泣くしかできないからさ。赤ん坊から幼児のうちは」

それでもこうした知識を解説しているときの士郎は、七生の姿をしていても頼もしいし、インテリジェントだ。

全身をサメの着ぐるみで決めていても、話す内容に説得力がある。

「七生の場合も、いきなり僕の身体で好き勝手をしたはいいものの、突然思うようにいかない、できないことでもあったんじゃないかな？　僕からすれば、七生が体育で張り切りすぎた反動で、体力が尽きて徐々に動きが鈍《にぶ》くなってきた。その上疲れて、眠気まで来てしまい、七生としてはもっと士郎の身体であれこれしたいのに動かないよ――ってことで、ぐずった挙げ句に、寝ちゃったんじゃないかなって気がするけど」

そうして士郎自身も、充功に解説、仮説を述べることで、状況の想像と整理をしていく。

「うわ～。それはそれで七生も大変だな。まさか自分より大きな身体が、本来の姿より体力無しで使い物にならなくなるとか、思わないだろうしな」

だが、どんなに士郎が学術的に話を纏めたところで、充功からすればこの解釈だ。

「悪かったね！　赤ん坊より体力無しで」

わかりきったことを言われて、いっそうムキになるが、これればかりは仕方がない。

士郎は充功に頭をいい子いい子されて「まあまあ」と、あしらわれる。

何から何まで理不尽だ。

「とにかく迎えに行ってくるから、幼児は幼児らしく留守番してろよ。間違っても、もう一人でトイレには入るな。どうしてもってなったら、オムツにしてから片付ければいいだけだから」

「わかったよ。あ、それよりも電話の子機をテーブルに下ろしといて」

「ほい」

「ありがとう。気をつけていってらっしゃい」

そうして充功は、士郎に見送られて家を出た。

「おう！　エリザベスも頼んだぞ」

「ワン！」

士郎ボディの七生を運んで帰るのを前提にしているのだろう。前後に荷台をつけたママチャリをかっ飛ばして行った。

＊＊＊

玄関先から充功を見送った士郎は、エリザベスと共にリビングダイニングへ移動した。

「ふー。それにしても、オムツにしてから片付けろって、どんな拷問なんだよ。七生のオムツ替えならまだしも、自分でして片付けるとか、どう考えても最悪なんだけど」

その足で、ダイニングから続く対面式のキッチンへ入る。

「――ってことは、あんまり水分も取らないほうがいいかな？　でも、七生の身体に水分は不可欠だよな。特に今の時期は、熱中症にでもなったら、命に関わるし」

少しばかり愚痴りながら冷蔵庫の一番下の段を引き出す。が、思った以上に重い。

だいぶ身体に慣れてきたためか、動きは自然になってきた。

しかし、七生の体は七生の体だ。冷蔵庫の扉ひとつを開けるにしても、自然と「よいしょ！」と声が出た。

しかも、頑張って開けたところで、二リットル満タンの麦茶入りの容器を取り出すには、もう一苦労しそうだ。

――と、士郎はここまで考えてハッとした。

そもそも棚の中にしまわれたコップに背が届かない。

仮にエリザベスや椅子を踏み台にし、コップを取り出したとしても、肝心な麦茶の容器から上手く注げるかどうかも疑問だ。

思いがけないところでストレスを覚える。

七生の身体では麦茶一杯、いつものようには飲むことができない。

「あ、だから一番下の引き出し部分にも、小型容器の乳酸菌《にゅうさんきん》とかドリンク類が入ってるのか！　これなら七生一人でも好きなときに取り出して飲める」

下段に入っている小型容器系ドリンクは、樹季、武蔵、七生のおやつ用という認識があったので、うっかりしていた。

士郎は麦茶の容器を元へ戻して、普段はほとんど手を付けることのない小型容器のリンゴジュースを手に取った。

すると、十本入りのそれの横に、七生のストローマグに入った麦茶が目に止まる。

一瞬、颯太郎の入れ忘れかなとも思うが、士郎には七生がここからこのマグを取り出し、一口飲んでまた仕舞って――と、やっていたのを見た記憶があった。

「なるほど！　これなら自分で飲めるわけだ。そうか……。僕らのときには、言えばすぐにお母さんが出してくれたから――。これは七生のみのシステムってことだ」

とても日常的なことだが、士郎はこうなって初めて気が付いた。

少なくとも武蔵までは、喉が渇けば「お母さん」「お父さん」と声をかければ「はーい」で麦茶などの飲み物が出てきた。

それこそ自分でペットボトルもコップも用意できる年、幼稚園に入る近くまでは声をかけて用意してもらったのだ。

当たり前のように――。

「――でも、そうだよな……。いつも家にお父さんがいるとはいえ、仕事で直ぐに対応できないときもある。七生だって、待つことなく自分で出して飲めたらストレスがない以上に、嬉しいだろうし――。そう考えたら、七生がすごく自発的なのって、環境のせいもあったんだな。というか、お父さんからしたら、自分で出して飲んでくれるだけで立派なお手伝いだし」

士郎は七生のストローマグを手に、いつの頃からか颯太郎が常備しているのだろう麦茶を飲んだ。

これ自体は何が変わるわけでもない。冷たくて美味しい。

ただ、いつもの麦茶なのに、鼻の奥にツンとくるものがあり、その後は目頭《めがしら》が熱くなる。

「生まれて三ヶ月後には亡くなっていたんだもんな」

まさかこんな形で母親の死を、存在を再認識するとは思わなかった。

士郎は麦茶で喉を潤しながら、まだまだ細くて短い二の腕で両目を擦《こす》る。

〝……士郎〟

すると、エリザベスが心配そうに鼻先で背中を小突いてきた。

士郎は振り向きざまに、太くてモフモフしていて、とても頼りがいのあるエリザベスの首に両手を回して抱き付く。

「ね、エリザベス。いつも七生のことを見てくれてて、本当にありがとう。先のことはわからないけど、今日まで七生が特別にお母さんを恋しがったり、変に寂しがったりしていないのって、やっぱりエリザベスが一緒にいてくれたおかげだよね」

いつにも増して感謝の気持ちがあふれ出す。

〝そんなことないワン。七生にはパパさんも士郎たちお兄ちゃんも、じじもばばも――、みーんないるワンよ。俺だけじゃないワン〟

改まって言われたためか、エリザベスも照れくさそうだ。

しかし、こうして七生の姿を借りて抱き締めていると、エリザベスの温もりがどれ程の癒しになるのか実感できる。

士郎自身が抱き締めても安堵するが、小さな七生にとって大きくて温《あたた》かなエリザベスが与えてくれる安心感はまた格別だったからだ。

「そうか。本当に――。みんなが可愛がって、育ててくれた七生だからあんなに元気で明るくて。あ、そうだ。エリザベスも喉が渇いたよね？　待っててて用意するから。ササミのおやつもいる？」

士郎は、今にもこぼれ落ちそうになった涙と気持ちを落ち着かせようと、話を切り替えた。

腕を解いて、ちゃんとエリザベスの顔を見て笑う。

〝いる！〟

元気にブンブン振られる尻尾が、エリザベスの笑顔をいっそう引き立てる。

「了解。――あ、でも。水分は麦茶を分けられるけど、ササミのおやつは棚の上だ。ごめん！　お父さんや充功が帰ってきてからになる」

しかし、ここで今一度、七生ボディの不都合を思い出す。

「くぉ～んっっ」

ササミがお預けとなり、エリザベスは心から残念がる。

(泣きは鳴きなんだ！)

文句を言わない分、申し訳なさが倍増した。

それでも水だけは――と、士郎は当然のように我が家にも置いてあるエリザベス専用の水飲み皿に、ストローマグから麦茶を分けた。

「本当にごめん。あ、これ飲んでおいて。僕、電話してくるから」

エリザベスも喉が渇いていたのか、嬉しそうに飲み始めた。

それを横目に、士郎は先ほど充功に用意してもらった電話の子機を手にする。

「さてと――」

七生を迎えに行くだけなら三十分もかからないだろうが、こうなると何が起こるかわからない。

夢とはいえ、これ以上のトラブルが無いとも限らないので、士郎は颯太郎のスマートフォンに電話をした。

できれば直ぐに帰って来てほしいが、まずは颯太郎の現状だけでもわかればと考えたからだ。

〝もしもし〟

士郎が発信すると颯太郎は直ぐに着信をした。

「もしもし、お父さん。僕、士郎。まだ七生のままなんだけど、今どこにいるの？　お隣のおじいちゃん、おばあちゃんも留守みたいなんだけど、一緒にいる？」

〝――あ、ごめんね。実は今、おじいちゃんたちと旧町の公民館にいるんだ。今日はシニア会の集まりがあったから〟

「なんだ、送ってあげてたのか。確かに徒歩だとちょっとあるもんね。向こうのほうは、ゆるい坂道も多いし」

特に何があったわけでもなさそうだ。

士郎の様子を見ながら、エリザベスも安堵の表情を見せる。

三人揃って買い物ならいいが、颯太郎が玄関の鍵もかけずに出かけたことが、士郎には気がかりだった。

余程慌てて出たのかと思うと、それこそ誰かに何かあったのでは!?　という、可能性も考えていたからだ。

〝いや、そうじゃなくて。おじいちゃんたちはバスで行ったんだけど、急に相談したいことがあるからって連絡をもらってね。丁度仕事の目処《めど》も付いたし、それならってことで、ちょっと前にこっちへ着いたばかりなんだ〟

「相談？　それってシニア会の人たちがお父さんにってこと？」

〝——うん。なんでも、ここのところ回っていたらしい訪問販売で、孫のためにって高額の学習教材を買ってしまった方々がいてね。ただ、さすがにそれは高すぎるし、そもそも契約が変じゃないかって気がついたお隣のおじいちゃん、おばあちゃんが、一応お父さんにも話を聞いてくれないかって。これが布団や浄水器ならすぐに怪しいって言えるんだけど、学習教材ってなると相場がわからないから——って〟

だが、三人は無事だが、全く問題がないと言えばそうではなかった。

ここへ来て、思いがけないトラブルの発生だ。

受話器を持つ小さな手に力が入る。

「——それって、ようは買っちゃったものが、そもそも価格に見合う内容なのかを、お父さんに確認してほしいってこと？　っていうか、今どき訪問販売とかあるの？　おそらく自宅学習教材ってことだろうけど……。今ならネットで指導とかがつくタイプ？　なんていう会社？」

士郎は思いつくパターンで聞いてみた。

確かにこの手の話なら、颯太郎に確認するのが一番だ。

専門家や関係職でもない限り、寧の頃から今現在まで義務教育の学習状況や変化に拘わっている保護者はそういない。

常に子供と学校を通して最新情報を得ているだけでなく、ゆとり教育の開始から廃止までをダイレクトに経験してきているのだ。

しかも、まだ現役保護者な上に、来年は大学受験の双葉、高校受験の充功、何より勉強熱心な士郎がいる。

この手の情報は、友人やその保護者たちからのものも加わり、日常的に食卓に上がっていたのだ。

〝株式会社栄志《えいし》グループ通信。もしかしたら栄志義塾《えいしぎじゅく》の系列なのかな？　基本は専用ソフトの起動だけみたい。各家庭、都合のいい時間に学習、その場で答え合わせができるように――ってことで。メールやチャットで問い合わせはできるけど、ネット授業みたいなものはない。で、最初に渡される教材が、ソフト入りのタブレットと開始時期に合わせた教材データ？　あとは辞書ソフトが付いている感じで、ネット環境が整っていない家には、通信会社の斡旋《あっせん》までするみたい〟

士郎は、トラブルになっているのが同級生や知り合いの祖父母でないことを願いながら、詳細を聞いていく。

颯太郎も士郎の意見を聞きたいのか、躊躇《ためら》う様子もなく説明してくれた。

「一見、至《いた》れり尽くせりに聞こえるけど、微妙だね。それに、その社名ってミスリードを狙って付けられている可能性もある。栄志義塾は塾生へのサポートとしての通信相談はあるけど、あくまでも個別指導や直接指導が売りだし、教室の延長としてあるだけだから通信オンリーはない。何よりそんな名前の子会社や系列会社もない。それこそ、お試し合宿に参加したときに会社概要を見てきたから、ここ一、二ヶ月のうちにできたわけでなければ、完全に別物だと思う」

受話器の向こうからは、カサカサと紙の音がした。

颯太郎もカタログか何かを見ながらなのが伝わってくる。

〝ミスリード。確かにそうかもね。カタログには老舗《しにせ》の学習塾からの枝分かれみたいな書かれ方がされているけど、創立は平成十年だから〟

「うん。別物だね。それでいくらくらいなの？　問題は、そこだよね」

〝初期費用で最低二十万円前後。スタートが幼稚園、小学校低学年・高学年、中学校によって価格が変わるんだけど、最低二年契約で一教科が約三十万円。一括払いや、教科・契約年数が増えると割引率が上がっていく感じかな。まだお父さん自身が、ここまでしか理解してないんだけどね。ようは、塾へ行くことを考えたらお得だし、時間に縛られないっていうのが売りみたい〟

そうして士郎は、脳内でメモを取るような映像を思い浮かべながら、聞いたばかりの情報を纏《まと》めていく。

二、三度冒頭から確認し直し、想像できる限りのパターンを考えてみる。
「うーん。仮に、苦手な一教科を選択、二年続けたとして。その初期費用から何から合わせて一ヶ月二万円弱って考えたら、同等の金額で塾へ行くほうが確実に机に向かうかな？　もちろん塾も個別や教室人数によっても価格差があるし、一ヶ月一教科でトータル何時間とかって細かく見ていったら、好きなときに好きなように勉強ができるっていう、自宅学習も悪くはないのかもしれない」

士郎が出した結論はこうだった。

いきなり「それは怪《あや》しい。詐欺《さぎ》の可能性もある」とは、決めつけない。

まずはその会社のやり方を受け入れた上で、自分なりに現実を見ることに徹する。

「ただね――。元々それができる子供なら、市販の安価な参考書と問題集でもやれないことはない。何が難しいって、一番は時間の縛りがないのに家で勉強する。それも学校の宿題でもないのに、自習や復習をするってことだと思うんだ」

すでに契約してしまった祖父母たちからすれば、とにもかくにも「孫のためになるなら」という一心からだっただろう。

そこは想像ができるだけに、士郎は「そうした善意を利用されたのでは？」とは言いたくなかった。

ただ、それとは別に、この際だから再確認しておくほうがいいだろうことはある。

それは、言われてみれば遠い昔に自分だって覚えがあるなと感じるだろう、子供にとっての学習という存在であったり、それに対して生じるごく自然な姿勢に関してだ。

「そもそも受験を前提にしての勉強なら、本人や家庭ですでにやり方を決めてやっているだろうし。そうなると訪問販売のターゲット層自体が、今現在自宅での勉強をしていない子、やり方がわからない子、どうやらせていいのかがわからない親になると思うんだ」

士郎は小さな両手で受話器を持ちつつ、順序立てて話をしていく。

「最悪なケースを考えると、教材さえ与えておけばやるだろうって思ってしまう親が購入した場合は、まず無駄になるよね。せめて一緒に見てやろうとかじゃないと、子供だけで率先してやるって、そうとうゲーム性が高い教材ソフトか、人気アニメや漫画のキャラクターが頑張ったらご褒美《ほうび》に何かしてくれるとかでないと、毎日一定時間を続けるのは難しいと思うんだ。それだって飽《あ》きちゃう子は飽きちゃうし」

側ではエリザベスまで、きちんとお座りをして耳を傾けている。

エリザベスでさえこうだ。おそらく颯太郎や、周りにいるシニア会の面々も、ジッと耳を傾けて聞くに徹していることだろう。

受話器の向こうからは、今は物音一つしない。

「あとは――。そのタブレットって、自宅のタブレットやパソコンじゃ駄目なの？　仮に教材ソフト専用だったとして、今どき同じタブレットを五年、十年使えるのかな？　そもそも園児を含めた子供にも使わせるってところで、二、三年で壊れても納得しちゃいそうだし。故障の際に修理や新しいタブレットへの代替えに無償保証がないなら、何年かごとにその初期費用の半額ぐらいは、追加でかかりそうな気がするけど」

こうして士郎は、現時点で思いつく限りを話し終えた。

目の前にカタログなり契約書があれば、もっと具体的に突っ込めるだろうが、電話越しに話を聞いただけでは、せいぜいこれくらいだ。

それでもそうとう言い方に気は遣った自覚はある。

〝――ああ。そうか。思った以上に気にするところがたくさんあるね〟

颯太郎は士郎の意見を聞きながら、今一度カタログか何かを見直し始めたようだった。

〝さすがは士郎ちゃん！　私たちじゃまったく気がつけないことを……〟

すると、一緒に通話を聞いていたのか、隣家のおばあちゃんの声もした。

〝わしは耳が痛いよ。確かに、買ってさえやれば、自分から勉強するだろうと思ってしまっていた〟

〝するはずないのよね――。だから嫁がキーキーしてて。見ていられないから、私もつい申し込んでしまったんだけど……。今は私たちのときのように、学校へ行けることや勉強ができることが、特別贅沢ではないものね〟

周りの祖父母たちの声も聞こえた。

やはり、言われてみたら気付くのだ。

そもそも遊び盛りの子供に、本人に目的もなく、勉強をさせるのは至難《しなん》の業《わざ》だ。

元から好きならともかく、そうでもないことを習慣化させること自体が難しい上に、今の時代の義務教育にありがたみを感じる日本の子供はごくまれだろう。

それこそ余程の生《お》い立ちか他の理由がなければ、勉強できること自体が尊《とうと》いとは思わない。

しかし、それが悪いわけではない。この国に生まれた子供が普通に持っている権利だからだ。

ただ、それでも大人になったとき、また少しでも世界を見るようになったとき、少しでもこうした時代と世の中を作ってくれた先人《せんじん》たちに、わずかでも感謝の気持ちが起これば、それだけでプラス思考には向かえると、士郎は考える。

上を見ても下を見ても切りがないが、無条件で衣食住《いしょくじゅう》と必要最低限の教育が与えられるところに生まれただけでも、けっこう運がいい。

そう思えるだけで、ほんの少しでもポジティブでいられるからだ。

〝うむ。孫だけ持っていなくて、仲間はずれになっても――と思い込んでしまったのも、間違いじゃったかもしれぬな……〟

〝ああ……。確かにそれが一番でしたけどね〟

とはいえ、その後に続いた祖父母の言葉には、強い引っかかりを覚えた。

(仲間外れ?)

やはり今どき、こうした教材を持っていないと、周りの話に入っていけない。クラスでも浮いてしまうと考えたのだろうか?

スマートフォン並みのライフラインとして捉えてしまったのなら、それもまた致し方のないことだが——と。

〝とにかく、これから父さんも契約書やパンフレットをじっくり見てみるよ。帰宅まで時間がかかるかもしれないけど、大丈夫かな?〟

颯太郎も読み込みに徹するのか、士郎に確認をしてきた。

多くの確率で、商品や契約に不都合な説明は字が小さい上に、量が多いからだろう。

こうなると、颯太郎も仕事明けだというのに大変だ。

「僕のほうはエリザベスもいるし大丈夫。だからお父さんは、特にクーリングオフの部分や契約日なんかを注意して見てあげて」

〝了解! あ、ところでこの番号からってことは、士郎は家にいるんだよね?〟

「うん。ただ、学校で七生が寝ぐずっちゃって、保健室からお迎え要請があったから、充功に行ってもらった」

〝そう。わかった。何かあったら直接こちらに連絡が来るだろうけど。もし、士郎も何か

あったらすぐに連絡してね〃

「はい。それじゃあ」

そうして颯太郎との通話はここで終わった。

士郎は子機をオフにすると、リビングテーブルの上へ戻す。

「訪問販売か。確かに浄水器や布団ならよく聞くし、家にも来ていたけど。学習教材はないもんな。ましてや、おじいちゃんたちじゃ、よくわからないよな」

——と、士郎の視界にふと仏壇の遺影が目に飛び込んできた。

その瞬間、母親である蘭が、痛快なまでに訪問販売員を追い払っていたのを思い起こした。

〃あら、やだ。日本の水道水は、味も安全性も世界のトップクラスよ。この上、浄水器なんか、いらないいらない！　うちの子供たちだって、水道水からの白湯《さゆ》で粉ミルクを溶いて飲んでいたけど、全員健康優良児よ～。むしろ胃腸は強いんじゃないかしら？　親が神経質になりすぎないって言うのも、けっこう大事よ～〃

浄水器のときには、まだ樹季が生まれて間もなかった。

哺乳瓶《ほにゅうびん》に入った水道水の白湯で溶いたミルクをガッツリ飲んで、天使のごとく微笑む赤子《あかご》を抱えて、お引き取りいただいていた。

〃え!?　お布団？　売るほどあるわよ。しかも、人生の三分の一は寝て過ごすんですもの、当然ここは拘《こだわ》っているわ。私じゃなく、子供たちを溺愛している親類縁者がね！　おかげで、生まれる度に最高級の羽毛布団セットをお祝いでもらっているから、そうとは知らずに寝ているうちの子たちは、毎晩高級旅館か五つ星ホテルに宿泊しているようなものよ。本当、幸せな子たち！〟

三十万円相当の羽毛布団のときは、武蔵を小脇に抱えていたが、完全に「一昨日《おととい》来やがれ」を笑顔に込めて放っていた。

改めて思い起こしても爽快だ。

と同時に、どちらも本当の話だから、自然と笑いが込み上げる。

そして、今日の教材販売なら、はたして蘭はどんな返しをするのたろうか？　とも、想像してみた。

生憎《あいにく》、これぱかりは永遠に正解を知ることができないが――。

「それにしても、契約した段階で二年括《くく》りの五十万円だって。確かにこの手の教材としては微妙だよね」

士郎は、そのまま蘭の遺影に話しかけた。

「これで月に何時間のマンツーマンのスカイプ授業が付くとかなら、まだわかる。けど、聞いた限り、問題集をタブレットでやるだけみたいだし――。場合によっては、祖父母と両親で揉めそうな気がして心配かも。だって、買ってもらってよかったわね～って喜べる金額じゃないもんね？　ましてや三世帯同居家庭なら、どうして相談もなしに、こんな大金使ったのってなる。どんなに祖父母のポケットマネーであっても、せめて一言聞いてくれてもいいんじゃないいって、余計なトラブルが起こりそう」

――と、そんなときだった。

エリザベスがピクンと反応をすると同時に、家の前で車が止まった音がした。

すぐにピンポーンと鳴らされる。

「はーい」

士郎はいつもの癖で玄関へ向かった。

上がり框《かまち》から下りる段階になって、七生ボディだった！　とハッとする。

すんなり玄関も下りられない。

一度その場に座ってから、これまた「よいしょ」だ。

「誰だろう？　宅急便かな？」

〝いつもとエンジン音が違うワン！〟

「そう。そしたら、ちょっと背中を貸してもらっていい？」

〝任せろワン！〟

付いてきたエリザベスに扉前へ伏せてもらい、士郎は背中を踏み台にしてドアスコープから外を確認することにした。

相手は初めて見る男性だった。

年齢は三十半ばくらいで、スーツ姿に名札のようなものを首からぶら下げている。

「どちら様ですか？」

見た感じ、特に変な男性ではなかった。

ただ、今どき飛び込みで訪問してくるとしたら、何かしらの調査員か営業マンだ。

特に一戸建てに多いのは、外壁塗装や屋根の修理などで、ときには下水の浄化槽掃除なんて言うのもある。

士郎も始めはそれかと思った。

「文部科学省のほうから参りました。少々お話をさせていただきたいのですが、ご両親はご在宅ですか？　十分程度ですみますので――」

（!!）

だが、士郎はすぐに彼が問題の学習教材の訪問販売員だと察した。

最初からそうとは言わないところが、怪しさ満載だ。

しかし、こうなったら話は早い。

今必死にカタログを読んでいるだろう颯太郎の援護射撃も含めて、士郎は直接販売員から話を聞くことにした。

4

飛んで火にいる夏の虫。と、までは言わないが――。

士郎はいったんエリザベスの背から下りると、玄関扉に寄りかかって話を続けた。

「なんのお話でしょうか？　具体的に要件をおっしゃってください」

耳を済ませて、両腕を胸の前で組む。

その姿勢は士郎そのものだが、見た目は七生だ。世界で一番偉くて賢そうな一歳児がここにいる。

「とりあえず、身分証明書などもお見せして話がしたいのですが、開けていただけますか？　というか、君は留守番？　しっかりした口調だし、高校……、いや中学生くらいかな？　今、大人の人はいる？」

相手は聞こえてくる士郎の声や口調から、年齢を想定したようだ。

流石《さすが》に声変わりをしていないので中学生と判断したようだが、それでも最初は高校生だと思ったのがわかる。

しかも、相手が子供とわかったところで、口調が大分《だいぶ》ラフになった。

士郎の眉間《みけん》に皺《しわ》が寄る。

「先にご用件を」

士郎は扉ごしに会話を続けた。

「そしたら、このうちには君を含めて中学生以下のご兄弟っている？」

「そういうことでしたら、最寄《もよ》りの学校か役所を通して確認していただけますか？　正規に許可が下りる内容でしたら教えてくれると思います」

癖で鼻根のあたりに利き手の指が向かうも、普段かけている眼鏡はない。

しかし、この癖が出たところで、士郎が臨戦態勢に入っているのがわかる。

心なしか緊張しているのだろう、エリザベスも背筋を正してお座りだ。

「――いや。調査とかではないんだ。今後の教育制度の変更を見据えた話をしたくてね。まずはお母さんかお父さんか、おじいちゃんおばあちゃんでもいいよ。大人の人を呼んでもらえるかな？」

「保護者は留守ですし、その手の話でしたら間に合ってます」

「だったらまずは君と話をして、これから大いに役立つ参考書や問題集を見てもらいたいな。それで、帰ってきたらご両親にお話ししてもらうってどう？　ここ、開けてもらえない？」

「それって結局、民間企業の学習教材訪問販売ですよね？　文部科学省のほうって、ただ霞ヶ関方面から来たってだけで。中には公共機関から訪ねてきたと勘違いをして話を聞いてしまう人もいるんでしょうけど。うちは本当に間に合ってるし、必要がないので」

なかなか目的を口にしないので、こちらから切り出した。

あえて興味もなさげに、また痛いところを突いて断る姿勢を貫いてみせるのは、これで諦めるくらいなら颯太郎が呼ばれるほどの購入者はいないと踏んだから。

ある程度の強引さがなければ、さすがにこの手の教材を短期間に、また同じ町内で何人も買ってしまうことはないだろうと考えたからだ。

しかも断りの決定打。「すでに栄志義塾へ通っているので」が出ない限り、諦めて帰ることもないだろうまで、士郎は想定していた。

社名でわざとミスリードを誘っているとしたら、さすがに「本家を辞めて通信に切り替えませんか」は言えないだろう。

そんなことを口にして塾で相談をされたら、業務妨害で顧問弁護士が乗り出しかねないし、場合によっては商標権侵害に引っかかっていることも考えられるからだ。

「あー。そうか、わかったぞ！　君は勉強が嫌いなんだね。でも、そういう子にこそ、楽しく勉強してもらえるような教材を案内しているんだ。今はタブレットPC版になっているし、ゲームをする感覚で勉強が捗って。気がついたら成績も上がって、勉強そのものが大好きになるよ」

案の定、男はこちらを煽るようなことを言い出した。

この手の話に、どれほどのマニュアルがあるかは謎だが、何通りかのパターンは想定して回っていると考えていいだろう。

少なくとも士郎なら、どこで誰が出てきても話ができるように――くらいの準備はする。

「それなら家にあるパソコンでも充分間に合います」

「でも、それってご両親のでしょう。自由になるのはスマホくらいだよね？　これなら自分専用のタブレットが持てるし、何より肝心《かんじん》なのはソフトだよ。教材そのものなんだから、君なんかがネットで拾うような違法なものや海賊版とは質が違うんだよね」

ああ言えばこう言うを繰り返すうちに、男の対応がさらに馴れ馴れしいものになってくる。

それもなぜか上から目線を感じる話しぶりだ。

先に下げてから持ち上げる作戦なのか、それともただの無礼者《ぶれいもの》なのか、判断が難しい。

なので、士郎はもう一押ししてみた。

「自分専用のノートPCがあるのでいりません。そもそも成績も問題ないし、学校の授業だけで充分間に合っているので不要です」

キーワードは、あくまでも「間に合っている」だ。

決して「もう、××をしてるのでいりません」という具体的な学習内容は口にしない。

「そう思っているのは、君だけだよ。それに、この辺りの子はみんな契約しているからね。これからはこの教材を使うんだ。君だけ持っていないと、話題に付いていけなくなって、気がついたら仲間はずれになっているかもよ」

するとの発言は、本来するべき商品説明からはいっそう外れていった。

まるで内緒話でもするように、向こうからも扉に身を寄せているのが気配でわかる。

「わかるだろう？　君も。そういうことって、ゲームやスマホでよくあるのを見ているか、場合によっては経験があるはずだ。仮にこれまで仲間はずれにする側にいたとしても、これからはされる側になっちゃう。酷《ひど》くなったら、いじめられるかもしれないね」

（――これって⁉　さっきのおじいちゃんたちが、自発的に心配していたことじゃなかったのか！）

先ほど電話で耳にした仲間はずれの話の出元がわかると、士郎は腹立ちから一瞬にして体温が上がった。

キッと眉もつり上がり、自然と唇を噛み締める。

「そうして孤立したまま受験を迎えたら、さらに置いて行かれて、落ちこぼれになっちゃう。みんなと一緒に上の学校へもいけなくなる。気付いてから慌てて塾へ行っても間に合わないし、そもそも塾だって入りたいところに入れるわけじゃない。学力に見合ったところにしか入れない。今は入塾テストそのものだって厳しいしね〜。ましてや個別指導となったら、お金もうんと高いし――」

その後も男は、ペラペラと話し続ける。

士郎は、今一度エリザベスの背を借りると、そのまま鍵のかかっていない扉を開く。

「なるほど。そうやって脅《おど》かして、孫を心配する気持ちを逆手《さかて》にとって、この辺りのご老人たちに高額な教材を売りつけたんだ」

「!?」

いきなり開いた扉に驚いたのか、それとも核心を突かれて驚いたのか、男は一瞬両目を開いて固まった。

だが、士郎の怒りはこんなものでは治まらない。

そうでなくても世の中には、いじめを受けて苦しんでいる子供たちが大勢いる。

学校へ行きたいのに、怖くて行けない。

正当な権利を理不尽に剥奪《はくだつ》されて、人生をも狂わせる子供たちが、それこそいつの時代にもいるはずなのに、それをこんな形で利用するなんて!

士郎は心の底から、どうしてくれようかと思う。

「いくら自社製品の内容やサービスに自信がないからって、子供のいじめ問題をチラつかせて営業トークをするのって、どうなんです？　それこそ子供の学習に関わる大人としても企業としても、最低最悪じゃないんですか？　というか、あなたは大人としてのプライドはあります？　ああ。あったらこんなことできないか。自尊心のかけらもないから、こんなことができるんですよね」

まずは思いつくままを口にした。

何を言ったところで、この手の大人には通じないし響かない。

自分に都合のよいことでしか反応しないのも、これまでの経験からわかっていたが、まずは自身の怒りを落ち着けたかった。

仕返し以前に、こんな形で脅しとった契約なら、すべて不履行《ふりこう》にする行動を起こすにしても、まずは頭に昇った血を下げないと——と。

「赤ん坊が……っ。嘘だろう」

ただ、ここで士郎は痛恨《つうこん》のミスをしたことに気がついた。

（……あ！　そうだった）

これだから冷静さは欠かせないのだ。

しかも、慌てて扉を閉めようとするも、隙間に男の足を挟まれた。

それだけならまだしも、同時に腕を掴まれて、なぜかニヤリと笑われる。

その瞬間、背筋に悪寒《おかん》が走る。

「放せ！　警察を呼ぶぞ!!」

「呼べるものなら呼んでみな。どんなに一人前の口を利いても、赤ん坊は赤ん坊だ。こうしてしまえば、それで終わりだ」

「ひっ!!」

腕を引かれ、バランスを崩したところを抱えられて、そのまま玄関先に止められていた車の運転席へ連れ込まれた。

〝士郎!〟

咄嗟に反応したエリザベスが追いかけてくるも、男に飛びかかる寸前で扉をバンと閉められる。

「バウバウ!」

尚も車の扉に向かって飛びかかるエリザベス。

だが、男は士郎の身体を助手席に放り出すと、そのままエンジンをかけて車を出した。

〝士郎っ!〟

エリザベスが名前を呼びながら追いかけて来る。

「何する気だ!」

士郎は士郎で、叫びながら助手席のシートベルトにしがみつく。

そうでもしなければ、走行の勢いで七生の身体がシートから転がり落ちる。

どんな怪我をするかわからない恐怖から、とにかく士郎は身を守ることを最優先にした。

自分の身体でもそうするだろうが、これは七生のものだ。

何があっても守らなければ――と、いっそう強く思う。

「このまま拉致《らち》って、闇オークションにでもかけて、売っぱらう。何をどうしたら、こんな赤ん坊がいっぱしの口を利くのかわからない。けど、このまま大した役にも立たない詐欺教材を売り続けるより、お前のほうが金になる。きっと物好きなどこかの研究機関が、高値を付けてお前を買う。それだけはわかる。頭いいだろう、俺」

それにしたって、最悪だ。

これが夢でも現実であっても、これ以上最悪なことはない。

「ふざけるな！　幼児をチャイルドシートどころか、シートベルトさえしないで車に乗せて走る奴の、どこが頭いいんだよ！　すでに海馬《かいば》が崩壊してるんじゃないのか！」

士郎が叫ぶも、男はニヤニヤしながらアクセルを踏む。

〝士郎！　士郎!!〟

懸命に追いかけてきていただろうエリザベスが、次第に引き放されて、追いつけなくなる。

〝士郎――ッ!!〟

さらにスピードを上げられ、とうとうエリザベスが躓《つまず》いて転んだ。

士郎がバックミラー越しに倒れたエリザベスを見て、悲鳴のように叫ぶ。

た。

士郎、士郎と叫んでいたその声は、いつしか仲間に助けを求める遠吠えに変わっていった。

「オオーン！　オンオン！　オーン‼」

するると、背後からは今にも消え入りそうな鳴き声が聞こえた。

「エリザベス！　エリザベス——‼」


(身代金《みのしろきん》目的の誘拐ならまだしも、完全な人身売買目的で拉致されるとか信じられない。嘘だろう。これが万が一にも夢じゃなかったら、どうなるんだ？　クマさんはちゃんと助けてくれるんだろうな⁉)

急発進した男の車は、そのまま走り続けて希望ヶ丘旧町へ向かった。

あとから新興住宅地として整地された新町と違い、こちらは古くからある住宅街。

その分山坂も多く、一本道を違えたら袋小路で行き止まりどころか、今は使われていない山間の旧道へ入り込んでしまって迷子なんてことも、よくある話だ。

ただ、それだけに車ごと身を隠すのにはいい場所もあり、中には来客に駐車させる町民や、仕事中に休憩しているドライバーもいる。

男はこの辺りを営業していて、すでにこのことを知っていたのだろう。慣れたハンドル捌きで旧道へ入ると、林沿いの脇の空き地を選んで車を止めた。

その瞬間、士郎はドアのロックに手を伸ばすが、さっと摑まれて男が外したネクタイで両手を縛られ、よりにもよってギアーに括り付けられた。

「何するんだよ！」

否応なく士郎の身体は助手席にうつ伏せで、両手を運転席側に伸ばしたような格好をさせられる。

かろうじてバタ足ができるが、あとは叫ぶくらいしかできない。

「ちっこい身体で抵抗しようなんて思うなよ。そうやって大人しくしていれば、これ以上酷い拘束《こうそく》はしない。お前だって口をガムテープで塞《ふさ》がれて、縄でグルグルに縛られて、真っ暗なトランクに放り込まれるなんていやだろう？　まあ、それでも俺が一息ついたら、そうさせもらうけどさ」

男はそう言って笑うと、運転席のドアポケットに入れていただろう缶コーヒーを取り出し、寛ぎ始めた。

「っ……っ」

確かに士郎は、これより状況が悪くなるのは避けたかった。

たとえ今だけでも、少しでも楽な姿勢でいられるほうがいいと判断して黙る。

――が、そのときだ。

後方から車が近づいてくる音がし、スッと右隣へ並べてきた。

空き地自体、二台が停められる程度の広さだったことから、士郎はすぐさま「助けて」と叫ぼうとする。が、口を開けたと同時に男の手で塞がれた。

しかも、

「先輩。今日の売れ行きはどうでした？」

男は何食わぬ顔をして、隣に駐めたドライバーに声をかける。

（助けを求めたところで無駄ってことか？）

すると、相手も助手席側の窓を開けてきた。

右ハンドルの国産車同士。運転席にいる相手から、助手席に俯《うつぶ》せている格好の士郎は、意識して見ようとしなければ視界に入らない。

士郎からしても、頑張って顔を上げて、かろうじて横顔から襟元までが見える程度だ。

（とりあえず、様子をみるか）

仕方なく、士郎は相手の出方を窺うことにした。

そもそも男が士郎を拉致したのは衝動だ。

相手がそれに同調するのか、そうでないのか、先に見極めてから次の行動を起こしても遅くないからだ。

「おう。今日は駄目だな――。行く先々で〝うちの子は士郎塾《しろうじゅく》で勉強しているから必要ない〟って言われてさ」

「先輩」と呼ばれて答えたドライバーは、四十前ぐらいの男性だった。

スーツにネクタイ姿は、こちらの男と一緒で、一見、詐欺まがいの訪問販売員とは思えない。どこにでもいそうな普通のサラリーマンだ。

しかも、思いがけないところで、士郎の名前が飛び出した。

士郎塾。

これこそインターネットのブログ機能を利用し、士郎が同級生相手に対応している自宅学習システムだ。

週に一度の更新で、士郎自らが作りためた問題を四教科分アップ。

それを各家庭で子供たちが見て解き、回答を士郎宛にメールすると、答え合わせをしてくれる。

その上、間違えた箇所に対して、士郎自身が気付いたことを書き加えて返してくれるという、まさに個別指導付きの至れり尽くせりの塾だ。

きっかけは、もともとは成績が落ちて母親から部活動を辞めさせられそうになったクラスメイト、山田勝の成績アップフォローから始めたことだったが、それがまずは身近な友人たちへ広がった。

誰もがやる気満々でプリントを希望したことから、士郎も快《こころよ》く引き受けた。

そこから友らに「士郎塾」と名付けられて、希望者には問題を分けて、答え合わせをするようになったのだが――。

しかし、これが一週間も経たないうちに、学年中に参加希望者が増えた。

それで自宅プリントでは追いつかず、ブログ使用がメインとなった。

自宅学習の方法としては、校内でもかつてない一大ブームの到来だ。

一番喜んだのは、保護者と教師たちだったに違いない。

それでも大半の大人は、士郎に「とても嬉しいけど、無理はしないでね」と声をかけてくれた。

だから士郎も「はい」と答えて、楽しんで対応してこられた。

――が、ここまで盛り上がったにも拘わらず、二ヵ月も経てば続かなくなった子供たちが目に見えて増えていった。

いっときは一学年全員が参加したが、今では真面目に取り組んでいるのは三割程度。その半分が塾通いもしている子たちで、週に一回でもこの結果だ。

士郎からすれば、大方の予想はしていたし、「答え合わせが楽になった」で、特別に気にしてもいない。

しかし、この状況から見ても、いかに自宅学習が難しいかがわかる。

士郎が颯太郎との電話で、毎月その金額を払うなら塾のほうが確実に机に向かわせられると言ったのも、この経験からだ。

「士郎塾？　なんですか、それ」

男はコーヒーを飲みながら、ヘラヘラと笑っていた。

「なんでもこの町内には、あの栄志義塾全国共通テストで高学年の部で一位になった、事実上日本一の優秀な神童様がいて。これが、そこらの教員より教え方が上手い上に、好意で同級生たちの面倒を見てくれているから、大助かりしているんだと」

だが、想像もしていなかった返答だったのだろう。

男は相手のほうへ身を乗り出した。

「栄志義塾で⁉　それってうちが勝手に社名を借りている国内一の大手進学塾のテストでってことですか？」

やはり意図的にミスリードを誘っていたらしい。

士郎は（これが夢でないなら、即日栄志義塾へちくってやる！）と内心で呟《つぶや》く。

個人的には、おそらく国内の民間企業で一番個人成績のデータを持っているし、自分も持たれていることがわかるので、胡散臭《うさんくさ》いところだな――としか見ていない。

実際、無料合宿に招待をされて本社へも出向いたが、士郎自身は関わらないほうがよさそうなところだと思い、疎遠《そえん》になるほうを選んだ。

しかし、企業力があって、社内法務部を愛塾精神いっぱいの元塾生で固めているような老舗の名門塾であることは確かだ。

詐欺まがいの商法で、それも自社と同グループであるかのような誤解を与えて顧客を増やしているような会社なら、即日動いてくれそうな頼もしさは感じられる。

それこそ栄志義塾には、特待生として無料で籍《せき》を置いている国内中学生ナンバーワン実力者の友人もいることだし——と。

「ああ。しかも、世話になっている親同士で相談し、御礼にお菓子の差し入れぐらいはしているが、そんなの無料に等《ひと》しいし。何より同じ子供同士だから、気持ちもわかるらしくて。とにかく、少しでもできている箇所を見つけて誉めてくれるから、子供たちがニコニコしながら勉強をするようになって、確実に成績も上がってるって」

それでもひょんなところで、日頃の労力が報《むく》われていることを知るのは嬉しい。

士郎は両手を括られ、突っ伏しながらも口角《こうかく》を上げた。

だが、そんな細やかな喜びさえ、「ちっ」という男の舌打ちで瞬時に消し飛ぶ。

「——なんですか、それ。営業妨害もいいところですね。ってなったら、やっぱりこいつを売り払って一攫千金《いっかくせんきん》。とっとと海外にでも逃げたほうが一生金に困らなそうだ」

見るからにいやらしい目つきで、士郎を見下ろしてくる。

すると、ここでようやく先輩男のほうも、助手席に士郎がいることに気がついた。

「なんのこと——って！　おい、その幼児はどうした⁉　いったいどこの子だ⁉」

運転席から身を乗り出して、こちらの中を確認してくる。

顔を上げた士郎と目が合うや否や、両目を見開き蒼白《そうはく》だ。

しかし、この瞬間。士郎は内心でガッツポーズをとった。

（これならいける！）

そう確信すると同時に、わざと指を咥《くわ》えてみせる。

「どこだっけな？　新町の一丁目あたり？　日本一の小学生どころか、世界一賢い幼児だったんで、拉致ってきたんです。この見た目で高校生かと思うくらい弁《べん》が達者《たっしゃ》で。何より、どこから聞きつけたのか、俺等の詐欺営業を見抜いてたんで、口封じも含めて――。海外向けのオークションにでもかけたら、さぞ高値が付くかなって。こんなに見た目がいい上に、類《るい》を見ない天才児ですからね」

「――は!?　それってお前、ただの誘拐だろう。何、平然としてんだよ。それに、その子の見た目がいいのは認めるが、どこが天才だって？　高校生並みに弁が立つって、お前夢でも見たんじゃないのか？　普通に指を咥えてポカンとしてるぞ」

そう叫ぶと、先輩男は血相《けっそう》を変えて車を下りてきた。

すぐにこちらの車に回り込んで、助手席の窓を叩いてロックを外させる。

「おい！　大丈夫か」

ドアを開くと、うつ伏せの士郎から両手の拘束を解いて、そのまま抱き上げてくれた。

と、ここで士郎は、力尽きた幼児を全力で演じ始める。

「とっちゃ。ひっくっ。ふえ〜んっ」

颯太郎を呼びながらべそべそして、つぶらな瞳で怯《おび》えてみせる。

自分で完成度を見ることはできないが、もともとが愛らしさに満ち満ちた七生の姿だ。

——必ず生まれ持った相手の庇護欲《ひごよく》に火をつけるに違いない！

そう信じて、士郎は一世一代の勝負に出たのだ。

「え!? そんなわけない。ってか、お前。何をいきなり赤ん坊ぶってるんだ。さっきみたいに小生意気な口調で話せよ、クソ餓鬼《がき》がっ！」

いきなり態度を変えた士郎に激怒し、男も車から下りてきた。

「あーん！　とっちゃ〜っ！　ひっちゃ〜っ！」

「だから！　何、赤ん坊の振りなんかしてるんだよ！」

怒鳴られ、さらに怯えた振りで泣き叫んで見せると、先輩のほうが庇《かば》うようにして抱え直してくれる。

たとえ涙なんか一滴も流れていなくても、そこは家族を求めるひ弱な一歳児を貫き通して、「おじさん助けて」アピールをしまくれば、世間の大人なんかイチコロだ。

そもそも七生が泣いて通じないのは、慣れた家族くらいなもので、世間を誑《たぶら》かすなんて他愛もないことだからだ。

「やーっ」

「おい、止めろ！　冗談抜きで洒落にならないことをしやがって！　そもそも赤ん坊の弁が立つはずがないし、すぐにでも家に帰さないと。今なら迷子を拾った、届けたで通せる！　幼児誘拐なんてバレたら一発で人生を詰むぞ！」

完全に先輩男を味方につけると、士郎は内心で舌を出しまくった。

泣く子と地頭《じとう》には勝てぬと、昔から言われているのは、こういうことだ。

ましてや中身が、横暴の限りをつくした地主でも膝を崩すような論破をしまくるだろう容赦なしの天才児。

こうなると、天使の皮をかぶった悪魔の誕生だ。

樹季のうふふ技まで交えて見舞えば、向かうところ敵無しに違いない。

「いや、だから冗談じゃないんですって！　こいつはただの赤ん坊じゃ……」

「カー!!」

しかし、カラスの鳴き声とともに空が暗くなり始めたのはこのときだ。

男たちが驚いて辺りを見回すと、上空にカラスの群れが集まり始めた。

まるで頭上に台風の目でも描くように飛び、夏の太陽さえ遮《さえぎ》っていく。

「なんだ？　いつの間に、こんなにカラスが？」

「グルルル……」

しかも、空に気を取られたあとには、大小様々な種類の野犬たちが登場だ。

男たちはいつの間にか二十匹はいるだろう彼らに囲まれている。

「裏のカラスに学校裏の大カラス！　ロットワイラーや秋田犬たちまで、みんなで僕を助けに来てくれたの！」

だが、これを見た士郎は満面の笑みだ。

思わず喜びから声を上げる。

「え!?　今なんて」

驚いた先輩男が落としそうになるも、そこは反射的に抱え直した。

「だから言ったじゃないですか!!　この餓鬼は一人前にしゃべるんですよ！　ってか、そんなことを気にしてる場合じゃない。逃げないと、何をされるかわからない！」

「確かに！　いったいなんの映画だよ、このカラスの大群に野犬たちは！」

いっそこの場で落としてもらえばよかったものを、士郎は先輩男に抱えられたまま、今一度車の中へ連れ込まれてしまう。

さすがに急な事態に気を使えなくなったのか、士郎はまた助手席に放り出される。

だが、先輩男がドアを閉めようとしたときだ。

「ミギャー」

「うわっ！」

僅かな隙間から茶トラが車内へ飛び込み、士郎を庇うようにして運転席との間に立ちはだかった。

「フーッ！」

毛を立てながら先輩男を威嚇する。

「うわわわっ！」

驚いた先輩男が腰を引く。

すると、そのタイミングでスーツの上着を秋田犬がガブッと噛んだ。

そのまま力任せに、運手席から引きずり下ろしていく。

「ひぃぃぃっ」

隣の車でも同じことが起こっているのか、悲鳴が上がる。

しかし、男のほうには野犬のリーダー・強面の大型犬ロットワイラーが向かったためか、焦り方が段違いだった。

声を聞いただけで、恐怖のどん底に突き落とされているのがわかる。

しかも、エリザベスが放ったＳＯＳに応じたのは、普段裏山で見かける野生動物たちだけではなかった。

「ピーヒョロロロ～っ」

「くるっぽうっ！」

「うわっっっ！」

「これはいったい、なんなんだよ！」

どこからともなく、鳶《とんび》や山鳩《やまばと》たちまで飛んできた。

次々と滑降《かっこう》し、男たちを襲っていく。

もはやカオスだ。士郎もおいそれとは車から出られない。

「オオーン！」

そこへもっとも聞き慣れ、安堵さえする遠吠えが届いた。

「あの声はエリザベス！」

「しっちゃーっ！」

また、これが聞き間違えでないなら、七生まで登場だ。

士郎は助手席から立つと、リアウインド越しに声が聞こえた車の後部方面を確認する。

（え!?）

すると、七生がエリザベスに跨がり、颯爽と駆けてきた。

その姿はまさにヒーローそのものだ。

ただ、これが自分の姿だけに、士郎は両の眼《まなこ》を見開いて驚愕だ。

「嘘だろう！　あ、そうか。これって夢だっけ！」

そして、ここまで来るとかえって冷静になれる。

幾度なく確認したはずなのに、要所要所がリアルすぎてわからなくなっていた。

だが、これこそが明晰夢だ。

まるで本当に体験しているかのような臨場感を覚える夢だ。

しかし、目覚めたときには、さぞ疲労困憊していることだろう。

士郎からすれば、これでは心身を休めるために就寝した意味がない。

それでもクマの仕業によるリアルチェンジに比べれば、そうとうマシなはず！　とは、思うが――。

（夢、だよな？）

こうなると一刻も早く目覚めたい。

「えったん、ゴー!!　わんわ、カーカー、ゴー！」

そうして駆け付けた七生が号令を発した。

エリザベスを先頭に、距離を保って見ていた野犬や野鳥たちまでもが、いっせいに男たちとその車を襲い始める。

「うわわわっ！」

「とにかく逃げろ！　邪魔だ、お前ら！」

男たちは必死に両腕を振りながら車へ戻ろうとするが、野犬たちがそれを許さない。

　特に士郎を拉致した男の上着には、エリザベスがガッツリ食いついており、それを七生が「ゴーゴー」と煽りまくっている。

「あ、いた！　あそこだよ、みっちゃん！」

「士郎――っっっ！」

　そこへ、ママチャリに乗った充功が、樹季を後部に座らせて駆け付けた。

　あのあとエリザベスが学校へ走り、七生を迎えに行った充功と合流したのだろうと予想はできるが、それにしてもミラクルだ。

　これが夢なら誰の趣味かと問いたいくらいにファンタスティック。

「充功！　樹――うっ！」

　士郎は運転席へ移動し、開いたままのドアから出ようとしたが、この状況に高揚《こうよう》しすぎたためか、足を滑らせて転がり落ちる。

「しっちゃ！」

〝士郎！　大丈夫ワン!!〟

　それに気付いた七生とエリザベスが男を放して駆け寄るが、当の男は今がチャンスとばかりに走り出す。

「誰が逃がすか、この野郎！」

　しかし、これに自転車から降りた充功が跳び蹴りを食らわした。

男は尻を蹴られた衝撃で、その場からスライディングをするように地面へ突っ込む。

「士郎！」

そこへ颯太郎が家のワゴン車で駆け付けた。

「ひぃぃぃぃっっ」

我武者羅になって野犬たちを振り払い、どうにか逃げようとした先輩男を見るなり、運転席を飛び出して立ちはだかる。

「――」

無言で利き腕を上げると同時に、ラリアートを見舞う。

「うぐっ!!」

一見ほっそりとして見える颯太郎だが、間を開けることもなく二十年も子供たちを抱え続けてきた腕力は、馬鹿にできるものではない。

相手の頬から顎にかけて一撃を炸裂！

先輩男はその場ですっ飛ばされた。

士郎拉致に関しては、ただ巻き込まれた彼だけに、ここはちょっと申し訳なく思った。

とはいえ、詐欺まがいな訪問販売の一味であることは変わらない。

士郎はあえて見てみない振りをする。

すると、地面に転がる男たちは、すぐさまロットワイラーや秋田犬たちに乗られて踏まれて、身動きが取れなくなった。

その上カラスや鳶に凄まれ、野良猫たちにも猫パンチだキックを食らう。

とうとうわけのわからなさからか、メソメソ泣き出していた。

きっと感じたことのない類いの恐怖に混乱が混ざり、本能からそれしかできなくなったのだろう。

だが、拉致された挙げ句に大事な弟の両手をネクタイで縛られた士郎からすれば、「ざまあみろ！」だ。「もっとやっちゃえ」まで言わないだけでも、そうとう親切だ。

「士郎!!」

「お父さん！」

そうして士郎は、力いっぱい両手を伸ばして、颯太郎に抱え上げられた。

「大丈夫⁉　怪我は？」

「平気」

ようやく本当の安堵を手に入れる。

士郎は小さな身体で力いっぱい颯太郎を抱き締め返す。

「無事でよかった！」

「士郎くん！」

「しっちゃ〜っ!!」

〝士郎！〟

「充功も樹季も、七生もエリザベスもありがとう！」

そうしてそこからは充功に抱かれ、樹季や七生には頭を撫でられ、エリザベスにはベロンベロンと頬を舐められる。

「カーカー」

「みゃん」

「カラスや茶トラや、ロットワイラーたちも本当にありがとう！」

「ワンワン！」

見知ったカラスや茶トラ、ロットワイラーたちから、集まってくれたみんなに御礼を言って、ようやく一段落だ。

これで目が覚めれば、一応のハッピーエンドといきたいところだが、さらにサイレンの音がする。

「あ、パトカーが来た!?」

「きっと柚希《ゆずき》ちゃんママだよ。士郎の一大事を父さんに電話してくれたのもそうだから」

（そういうことだったのか！）

どうやら、拉致の瞬間をお向かいの柚希ちゃんママが目撃していたようだ。

それで颯太郎までもが駆け付けてくれたのか――と思うも、どうして場所まで？　と考えるのは野暮《やぼ》だ。

　あれだけのカラスたちが移動し、同じ場所へ集まった。

　颯太郎ならそれを見ただけで、何かを察してハンドルを切りそうだ。

「兎田さ～ん！」

「七生ちゃんは無事なの～!?」

　しかも、公民館にいたシニア会の面々も、各自の車に乗り合い、ただいま到着だ。

　それを見た野犬たちは、さーっと水が引くようにこの場から去って行く。

　中には充功張りに自転車で駆け付けた猛者《もさ》もおり、当然この場で訪問販売員たちを見るなり大激怒だ。

「いじめをほのめかして教材を売りつけるだけならまだしも、よくも七生ちゃんをこんな目に！」

「ひどい！」

「絶対にゆるさんっ!!」

　そうでなくとも、すでにズタボロにされている男たちは、シニア会の元気な老人たちに囲まれ、その場に正座だ。

「そこへ直れ！　この場でわしが成敗《せいばい》してくれる！」

　お隣のおじいちゃんなど、公民館から借りてきたのか、竹刀を振り回して「渇！」だ。

とうとう男たちは「ひーっ！」「ごめんなさい！」と号泣。

パトカーから警察が下りてきたときには、「助けておまわりさん！」まで叫んでいたほどだ。

「うわ～。自業自得とはいえ、警察が一番安心できる相手って、そうとうな追い込まれ方だな」

充功が呆れたようにぼそりと呟く。

（まあ。人間、自分が理解できない存在ほど、怖い物はないだろうからね）

そうして犯人は、未成年者略取誘拐罪《りやくしゆゆうかいざい》の現行犯逮捕で警察へ。

その後は訪問販売詐欺まで暴かれるのを待つことになるが、いずれにしてもこの慌ただしさたるや、刑事ドラマかアニマルファンタジー映画を見るようだ。

総じて言うならば娯楽ものだが、士郎からすれば一刻も早く目が覚めたいものだった。

＊＊＊

そろそろ目が覚めてもよさそうだが、士郎はそのまま帰宅をした。

子供たちを家へ落ち着かせると、颯太郎だけが被害届を出しに警察へ行ったところがリアルだが、入れ替わった身体は未だにそのままだ。

なので士郎は「まだ寝てる」「夢が覚めない」と自覚しながら、現状に甘んじることにした。

「しっちゃ～っ」

「うわ～！　七生なのに、しろちゃんなの？　可愛い！」

「だよね。小さい士郎くん、可愛いよね」

士郎は自分のボディを我が物顔で使いこなす七生に抱っこされて、リビングソファに腰を落ち着けていた。

両目をキラキラさせながら隣に座り、士郎の頭を撫でまくる武蔵は、帰りがけに幼稚園に寄って連れ帰ってきた。

樹季もここぞとばかりに一緒に座って、「僕がお兄ちゃん！」を継続中だ。

「士郎、モテモテ～」

充功はそれを見ながらニヤニヤ、ニヨニヨ。

強いて言うなら、エリザベスだけが特に態度を変えずにいるが、誘拐犯を追いかけた疲れが今頃出たのか、ソファの足下で爆睡中だ。

「ただいま！　士郎は⁉」

「無事なんだよな⁉　怪我は？」

――と、ここで玄関先から寧と双葉の声がした。

おそらく士郎が拉致されたとわかった瞬間、充功あたりが一斉メールをしたのだろう。

急いで都心の会社と高校から帰宅したようだ。

ただし、一応無事に戻ったところまでが報告されているのか、慌ててはいるがそれだけだ。

二人揃ってリビングダイニングに駆け込んできた姿からも、それはわかる。

「ひっちゃ！　ふっちゃ！　おっか〜っ」

七生がご機嫌で「お帰り」と手を振る。

「え！　士郎が七生みたいなこと言ってる？」

「これって、拉致されたショックで赤ちゃん返りってこと!?」

しかし、ここで新たな事実が発覚。

どうやら寧や双葉は士郎が拉致されたことは聞いても、それ以前に七生と身体が入れ替わってることは知らされていなかったのだろう。

喃語で愛想を振りまくる士郎を目にして、二人揃って手にした鞄をボトっと落とした。

一瞬にして真っ青になってしまう。

「いや。いくらなんでも、あいつの図太いメンタルで、そんなことあるかよ。士郎はこっち！　こっちが士郎」

すると充功が、形だけなら士郎に抱っこをされている七生を指差した。

だからといって、すぐに寧と双葉の顔色が戻るはずがない。

むしろ、充功までおかしなことを言い出した⁉　と不安を煽られ、顔色が悪くなる一方だ。

「いや、普通はこっちのほうが有り得ないだろう。むしろ、僕がショックで赤ちゃん返りするほうが、どれだけ信憑性《しんぴょうせい》があることか」

士郎が思わず反発する。

それも、呆れかえって、逆に物が言えちゃうレベルだよ――と言わんばかりにだ。

「その口調！」

「確かに士郎だ！」

しかし、これを聞いた寧と双葉は、即座に入れ替わったことを受け入れた。

士郎からすればいささか不本意な納得の仕方な気はするが、兄たちが常に外見よりも内面を見てくれているのはわかる。

「ってことは、こっちが七生！」

「七生が士郎で、士郎が七生！」

しかも、いったん事態を理解し、状況を受け入れると、恐ろしく順応が早い。

――少しぐらい困惑してよ。

――どうして？　なんで⁉　って言ってよ。

と思うも、まったくそんな素振りは見せずに、むしろ楽しそうだ。

寧などさっそく両手を伸ばして、七生の腕から士郎を抱き上げる。

その後は流れるような仕草で、颯太郎から脈々と受け継いだであろう、抱っこしてほおずりキッスしてお尻ポンポンの炸裂だ。

士郎が「あ」も「う」も言う前に、これが三周は繰り返される。

「うわ～っ。可愛い！」

当然、高い高いもオマケつきだ。

(うわわわっ！　だから、僕にこれはいらないのに～っっっ！)

また、普段ならこの時点で「ひっちゃ、なっちゃの！」と、七生が猛烈な焼きもち全開で叫ぶだろうに、今日は士郎の姿をしているためか、お兄ちゃんモードだ。

それとも、寧に抱っこされているのが自分の姿だから気にならない？

いずれにしても、末弟が初めて味わうお兄ちゃん気分を心ゆくまで堪能しているようにも見える。

ここでも困惑をしいられるのは、士郎ばかりだ。

「なっちゃ、しっちゃよ～。いーこいーこねー」

「うん！　七生の士郎くんはカッコよくて、士郎くんの七生は可愛いでしょう！」

「ひとちゃん。俺もちっちゃいしろちゃん抱っこしたい！」

「はいはい。でも、気をつけてね」

「はーい！」

そうして士郎は、寧の手から武蔵の手中へ渡った。

ソファに座ったままの姿勢で膝の上へ。

間違っても落とさないように、武蔵もいつも以上に慎重だ。

「ふふっ。いっちゃん。俺の弟、可愛いよ〜」

「うんうん、わかる！　お兄ちゃんなのに弟なのも可愛いよね〜」

「うん！」

すると、それを見ながら双葉も頭を撫でてくれる。

「でも、不思議だな。七生だけどちゃんと士郎だってわかる。これってやっぱり性格が表情に出るって言うか――。ただ、士郎が目をクリクリさせてる七生もめっちゃ可愛いんだけど！　ってか、俺は士郎の顔した七生がツボかも！　こんな士郎の姿、一生見れないよ！」

ただ、そう言った双葉の視線は、すぐに七生のほうへ向けられた。

これもまた個人の趣味だかツボなのだろうが、今限定・あどけない顔の士郎が気に入ったのか、双葉が七生に抱き付き、これもまた抱っこしてほおずりキッスしてお尻ポンポンを炸裂した。

「ふっちゃ〜っ」

「双葉。俺にも貸して！」

その上、充功が奪い取って、高い高いだ。

「みっちゃ！　きゃっははははっ‼」

七生はさらに上機嫌になったが、これを見せられた士郎のほうは顔面蒼白だ。

これまで以上に見たくなかった自分の姿を見せられた気がする。

（七生！　頼むから充功の高い高いではしゃぐとか止めて！　お願いだから、僕でしないでっ！　ってか、クマ！　もう、絶対にクマの仕業だろう！　こんなの僕が夢でも見るはずがない！）

士郎からすれば、いったい何をしたらこんな罰ゲームを！　だ。

「ところで。どうして入れ替わったのかはわからないけど、これってすぐに戻るの？」

――と、ここで寧がさらっと言った。

本当にさらっと、さも当然と発したが、士郎からすれば一番肝心なのはそこだ。

「僕の夢だから、目が覚めたら戻ってると思うけど……」

幾度となく説明してきたが、回数が増すごとに士郎の口調から覇気《はき》がなくなる。

しかも、そんな士郎の心情を、兄弟たちは阿吽《あうん》の呼吸で理解した。

「けど？　それって、目が覚めなかったら戻らないってことか？」

「そもそもこれって本当に士郎の夢？　俺ははっきり見てるけど？」

充功と双葉が顔を見合わせて、首を傾げる。

「なっちゃ、しっちゃ〜っ」

「しろちゃん、ずっと俺より小さいの？　七生が大きいの？　えーっ!!」

充功に抱き付く七生と武蔵も顔を見合わせ、目配せし合う。

「でも、そうしたら、これから毎日七生が学校へ行くの？　オムツしていかなかったら心配？　給食のあとはぐずるから、お昼寝の時間もいるし。体育はいいけど、お勉強の時間はそっぽむいちゃうけど……。僕、頑張ってお世話する！」

ここで樹季がソファから立った。

急に現実問題を直視し始める。

数時間とはいえ、学校で七生の面倒を見ただけのことはある。

これが明日からもずっととなったら、どうするべきか――と考えつつも、一手に引き受けることを宣言した。

樹季の「僕がお兄ちゃん！」パワーが、体中から漲って見える。

だが、士郎からすれば、そんなことになったら悲鳴を上げるくらいでは済まされない。

「いやいや。そしたら士郎自身が行ったほうが早いって。学校で体育以外は問題ありって、さすがにまずいだろう」

すると、ここで双葉がさらに冷静な意見を放った。

「うん。七生が家にいる分は、オムツで寝ぐずっても問題ないけど、学校で士郎がそんなことになったら、周りも動揺するだろうしね。それなら七生の姿で普通に授業だけ受けているほうが、すぐに慣れそうだし」

「だな。士郎のクラスメイトは頼れるし世話好きだ。俺等が頼めば、ここぞとばかりに率先して面倒を見てくれるだろうし。何より直に夏休みだ。大した授業もないし、二学期からのことは、夏休みにじっくり考えればいいだろうからさ」

寧と充功がこれに続いたが、士郎からすれば、これこそ二の句も告げない事態だ。

神童である以前に、饒舌で何でも論破する士郎を黙らせるのだから、改めて兄弟たちもすごい。

真顔でこれらを雄弁《ゆうべん》に語るところは、間違いなくファンタジー気質な颯太郎の遺伝子の賜物《たまもの》だろう。

（えっと……。みんな、それ、本気で言ってる？）

士郎は、そろそろ心底から目覚めを祈り始めた。

こうなると、クマの仕業は考えたくない。

夢落ち以外、望まない。

クマの仕業以上に、なんでも乗り越えそうな兄弟のポジティブ思考のほうが、ものすごく問題な気になってきたからだ。

「そうだね。そうしたら、まずは明日俺たちも学校へ行って、お願いしよう」

「なっちゃも！」

「七生まで学校に行ったら、さすがにお友達が大変だよ」

「やーっ！　なっちゃも！」

「しょうがないな～」

そうして唖然としている士郎を置いて、兄弟会議は終了した。

七生のわがままさえ、寧の「しょうがないな」で済まされているところで、士郎の危機感はマックスだ。

「あ、そうと決まったら夕飯の支度をしなきゃ。父さんは警察なんだよね？　そしたら、俺、支度を始めるから、誰か士郎たちをお風呂に入れて」

「僕が入れる！」

「いっちゃん。俺も手伝う！」

「そしたら俺が風呂を用意してやるよ」

「ふたちゃん、よろしく！」

しかも、これ以上の罰ゲームはもうないだろうと思っていたのに、さらなる試練がやってきた。

「だったら七生は俺が入れるよ。どうせ身体ばっか立派でも、ちゃんと洗えないだろうからさ〜。はっはっはっ！」

「みっちゃ、おぶぶ〜っ」

（いや、ちょっとまって！　いくら夢でも、これはおかしいだろう！　ってか、夢でも現実でもどうでもいいから、そのお風呂は止めて！　僕が七生で樹季たちに洗われるのも勘弁してほしいけど、七生が僕の身体で充功に洗われるのはもっと勘弁《かんべん》してっっっ！）

「さ、士郎。行くぞ」

「ちょっ、双葉兄さんっ！」

士郎は双葉にひょいと小脇に抱えられると、そのままお風呂場へ連れていかれる。

無情なまでにズンズンと廊下を歩いて、日中充功にお尻を洗われたというのに、今度は全身だ。

（嘘だろうっっっ！）

ただ、ここで士郎は目の前が真っ暗になった。

5

「嘘っ!!」

ハッとして目の前が明るくなった瞬間、士郎は自室の布団の中で目を覚ました。

「……？」

最初に視界に入ったのは見慣れた天井。上体を起こして左右を確認すると、並べて敷かれた布団には武蔵と樹季がすやすやと眠っている。

また、よく見れば士郎の足下には、七生がお気に入りのハーフタオルを手に、大の字を書いて眠っていた。

昨夜、就寝したときには三人だった。きっと七生にせがまれて、あとから颯太郎が連れてきたのだろう。ままあることだ。

ただ、なんの偶然なのか、七生はサメの着ぐるみをパジャマ代わりにしていた。

士郎が寝る前に見たときには半袖のパジャマ姿だったが、粗相《そそう》でもして着替えさせてもらったのだろうか？

経緯はさておき、これはこれでとても可愛い。七生にはすごく似合っている。

今も何か夢を見ているのか、ふいに「ふへへっ」と笑った。

士郎はハーフケットに手を伸ばすと、小さな手からは外すことなく、お腹から足元へかけてやる。

（僕はこの格好で拉致されたのか）

それでも改めて考えると、どうにも苦笑が浮かんだ。

（というか、僕は本当に目が覚めたんだろうな？）

疑問が頭をよぎった。

さすがにもう起きているはずだという実感はあるが、自然と利き手が頬へ向かう。

かなり強めに抓《つね》ってみる。

（痛っ）

紛《まぎ》れもない痛みと同時に、いっそう目が冴え、士郎は心底からホッとした。

抓った頬を擦りつつも、大きく息を吸って「ホッ」と溜め息をつく。

（――よかった。やっと現実に帰ってきた。夢だって自覚があるのに、それが疑わしく思えてくる明晰夢って、本当にすごいな。というか、脳が映像認識する仕組みだけで考えたら、夢も現実からの外界情報も大差がないのかもしれないけど――。それにしても、随分長い夢だった気がする）

壁にかかる時計の針は、まだ六時を回ったところだった。

昨夜は九時には布団へ入って眠った。

だが、夢の中で颯太郎のベッドで起床したのが、午前九時か十時くらいだ。

そして、そこから寧や双葉が帰宅した夕方までを過ごしたのだから、場合によっては睡眠時間のほとんどを明晰夢で潰したのではないか？　という気になってくる。

もっとも、これまでに記憶している長編の夢は、映画一本分程度の内容を実際の上映時間に近い二、三時間程度の睡眠中に見ることが多かった。

そうなると、今日の分も実際は明け方近くの二、三時間のうちに見ていたのかもしれない。

そもそも眠りの中で〝夢を見る〟という現象そのものは、レム睡眠と呼ばれる急速眼球運動睡眠――脳が活発に働き、記憶の整理や定着を行う状況――が、二～三十分以上持続したときに出現しやすくなるものだ。

それが約一時間半から二時間の間隔で一晩のうちに数回出現。眠りが後半へ向かうほど持続時間が長くなり、またその間の皮質《ひしつ》活動――外界情報の認識――も活発になる。

それもあって朝方のほうが鮮明かつストーリー性のある夢を見ることが多いと言われているからだ。

（――疲れた）

いずれにしても、かつてないほど忙しい夢だった。

肉体的にはそれほどでもないが、精神的かつ脳に感じる疲労がすごい。

全部覚えているから余計なのかもしれないが、特に後半に自宅教材の訪問販売詐欺などという、リアルだったら絶対に許せないことまで紛れていたので、それで精神的かつ思考的にもフル回転だったのだろう。

それでも――。

(抱っこして、ほおずりキッスして、お尻ポンポンか)

士郎は嬉しそうな寝顔を浮かべる七生を見ていると、夢とはいえいい経験ができたのかな？　とは思った。

さすがに今の士郎が颯太郎や兄弟たちからあそこまでガチな抱っこをされることはないし、特に弟たちからはない。

しかし、七生の姿で抱き締められて、改めて家族から自分に向けられる愛情を感じて、士郎は恥ずかしく、照れくさくはあっても、やはり嬉しかった。

と同時に、少なくとも今日という日まで、七生が無事に育っていると感じることもできた。

いずれは母親がいないという意味を知り、またその現実に向かう日が来るだろうが、だからといって決して愛情不足にはしない。

絶対にさせないという、これまで以上に強い気持ちにもなれたからだ。

「ふぁ～っ」

ただ、今の士郎にとって目先の問題はこの眠気だ。

目は覚めたと思うが、自然と欠伸《あくび》が出る。

（九時間も眠って寝不足を感じるって――――。寝ても覚めても理不尽な目に遭うなんて、これ以上の理不尽はないな）

「ふぁ～っ」

それでも起床時間まではまだ間がある。

士郎はもう少し――――と、二度寝をすることにした。

＊　＊　＊

士郎が明晰夢を見た数日後のことだった。

いよいよ夏休みに突入したちびっ子たちは、いつにも増して笑顔を輝かせていた。

「なっつやーすみ、夏休み～っ。今日からいっぱい夏休み～」

「夏休み～」

「み～っ！」

とはいえ、純粋に夏休みの〝休む〟を満喫《まんきつ》できるのは、せいぜい樹季、武蔵、七生の三人だけだ。

双葉はここぞとばかりに平日バイトを増やし、充功は家事育児が増え、士郎もいつも以上に家事育児な上に、各自の宿題管理と忙しいことになっている。

そうでなくても、会社勤めの寧の生活はお盆休みまでは変わらない。

自宅仕事の颯太郎に至っては、家に子供たちがいるだけで、普段は使わない気を遣うだろうと、まずは、そこをどうするべきかと双葉、充功、士郎で事前に相談をしたのだ。

その結果、日中の家事育児は基本交代制で、個人的に用事がある日は要相談。

ただ、そうは言っても双葉や充功と違って、士郎はそこまで友人知人と外出するような予定がない。

どちらかと言えば、一緒に弟たちの面倒を見る前提で誘ってくる友人たちとしか遊ばなくなるので、こうした長期休みの育児は八割方士郎になる。

その分、昼食や夕飯の支度や片付けをメインとした家事は、双葉や充功が多めに請け負ってくれるのだが――。

何がすごいと言えば、これら家事育児などの手伝いに対して、彼らが愚痴や文句をいっさい言わないことだ。

それこそ母親が元気にしている頃からそうなのだ。

ここが自他ともに認める家族大好き！　特に兄弟大好き!!　なブラコンのすごいところだが、周囲の親たちからすると羨望の眼差しを向けた上に、ため息しか出ない。

士郎から言わせると、

「生まれたときからお世話だけをされるのはせいぜい二歳まで。それを過ぎたら、好奇心から兄たちの真似であるお手伝いを覚えていくから、ある程度育ったときには、家事育児は生活習慣として身についている。だから、何も特別なことではないんですよ」

――なのだが。

これを世間では「奇跡」と呼ぶ。

子供が多いイコール人手があって助かるになるのは、そうとう希少なパターンだからだ。

「なっつやーすみ、夏休み～っ。今日からいっぱい夏休み～」

「夏休み～」

「み～っ！　み～っ！　み～っ！」

そうして今も、ちびっ子たちは庭へ出て、樹季が作詞作曲しただろう夏休みソングを歌っていた。

中でも七生は、兄たちの夏休み突入が余程嬉しいのだろう、大はしゃぎだ。

特別何がどうという予定がなくても、普段は学校や幼稚園に行ってしまう遊び相手がずっと家にいる。

七生からすれば、これだけで人生勝ったような気分になれるのだろう。

そしてそれは、必然的に遊びや散歩が増えるエリザベスも同様だ。

「バウバウ！」

今日も朝から兎田家にいた。

もはやどこが自宅かわからないが、彼の子守犬としての仕事ぶりはとても優秀だ。

士郎たちがちょっと目を離した隙にトラブルが！　などというのがごくまれなのも、こうしてエリザベスが見ていてくれるおかげだ。

おやつで気が逸《そ》れない限り、ホームセキュリティより安心レベルで見ていてくれる。

「あ！　あった。アリの巣。夏休みの宿題は、これの観察にしよう！」

――と、ここで樹季が声を上げた。

庭の隅で見つけた小さな穴を見失わないよう、すかさず爪楊枝《つまようじ》で作られた旗を目印に刺す。

これはつい今し方食べたオムライスを飾っていた日の丸だ。

しかし、気をよくしたまま巣穴にブスッと刺したものだから、今ごろアリたちは奇襲攻撃を受けたと変わらない状況で大変なことだろう。

隣家との間にあるフェンスにとまり、ジッと様子を見ていたらしいカラスが、切なそうに「カー」と鳴く。

それに相づちを打つように、エリザベスも「くお～ん」だ。

だが、当の樹季は「これで夏休みの宿題が一つ終わった！」くらいの調子で、満面の笑みを浮かべてガッツポーズをとっている。

「いっちゃん。プール！　七生がプールに入りたいってよ」

そんな樹季に武蔵が話しかける。

「えったんよ～」

二人して人のせいにしているが、ようは家庭用のプールを出そうというお強請《ねだ》りだ。

「そうなの？　でもさっき、士郎くんがいつ図書館へ行こうかな～って言ってたよ。読みたい本があるみたい。だからプールは明日にして、今日は図書館に連れて行ってもらうほうがよくない？　僕らは児童館で遊べるし」

ただ、これに対して樹季は笑顔で提案。

おやつと遊びの予定を増やすことにかけては、天才的だ。まるで抜かりがない。

「児童館、行く！　そしたら今日は児童館で明日はプール！　七生、二つも続けて遊べるぞ！　きっとエリザベスも嬉しいよ！」

「やっちゃ～！」

「バウバウ！」

そうして今日の予定が決まると、樹季たちは庭からウッドデッキを通って、リビングダイニングへ戻った。

　ダイニングの延長上にある対面式キッチンでは、丁度士郎が颯太郎と共に、昼食の片付けを終えたところだ。

「それじゃあ、上にいるね。用ができたらいつでも呼んで。あと、出かけるときには、連絡用の携帯を忘れずにね」

「はい。お父さんもお仕事頑張ってね」

「ありがとう」

　昼食を終えると、士郎は颯太郎を三階へ見送った。

（さてと――。充電、終わってるかな？）

　その足で、リビングの仏壇《ぶつだん》横に置いていた二つ折りの携帯電話を確認する。

　これは今夏、「士郎が使っていいよ」と言われて颯太郎が貸してくれたもので、生前蘭が使っていた形見《かたみ》の一つだ。

　颯太郎は解約する気がまったくなく、今でも必要な手入れをしながら、たまに自分のスマートフォンに向けて電話をかけている。

　画面に〝蘭さん〟と表示されるのを見て、懐かしんでいるのだ。

　ただ、それだけに士郎も預かる限りは！　と、いつになく慎重だった。

　壊す、失くすは絶対にしたくない品だけに――。

(充電完了。ありがとう、お父さん)

「士郎くん！」

士郎が携帯電話を手にしたところで、樹季が待ってましたとばかりに声をかけてくる。

「何？」

「さっきみっちゃんに、図書館へ行きたいって言ってたよね？　でもみっちゃんが朝からお友達と約束をしていたから、いつにしようかな――って」

「うん。言ったよ」

「そしたら僕たちは、児童館のほうへ行きたいから一緒に行こうよ！　士郎くんは図書館でお勉強していいよ。武蔵と七生は僕が見てるから」

「俺も七生のことちゃんと見る！　だから連れてって！」

「なっちゃも～！」

三人揃って息の合ったお誘いだ。

それも到着後は、併合している施設の中で二手《ふたて》に分かれることまで想定している。

「バウバウ」

そこへ漏れなくエリザベスまで加わるが、士郎は「う～ん」と悩んで見せた。

向こうに着いてさえしまえば、樹季たちが行こうとしている児童館のプレイルームにも、学習コーナーが設けられている。

士郎が図書館から必要な本だけを借りてきて、そこで読むことも可能だ。

それなら樹季だけに子守を任せることもない。視野に入る範囲で、士郎も三人のことを気にかけていられる。

だが、問題はそういうことではない。

「ごめん、無理だよ。みんなで行けたらいいけど、七生は大人が一緒じゃないと遊べない。エリザベスにしても、外で待たせることができないから、連れて行けないんだよ」

かなり基本的なことだった。

「えーっ、そうだっけ⁉　いっちゃん？」

「そう言われたら、そうだった。忘れてた〜っ」

「なっちゃも〜っ」

「くぉ〜ん」

樹季の「いいこと思いついた！」は、一瞬にして崩壊だ。

しかし、これればかりはどうしようもない。

近所の公園ならまだしも、児童館などの公共施設には、利用するのに守らなければならない規約がある。

特に未就園児である七生には、大体どこへ行くにも保護者の存在が不可欠だ。

これればかりは充功がいても難しいし、どんなにしっかりしていても、双葉だってまだ未成年だ。

そうなると、保護者は成人している寧か颯太郎しかいない。

「何？　それならお父さんも行こうか？　今日なら資料確認だけだから夜に回せるし」

すると、三階へ上がったはずの颯太郎が声をかけてきた。

見ればダイニングテーブルの上に、スマートフォンが置きっぱなしになっている。

どうやら忘れ物を取りに引き返したところで、話が聞こえたのだろう。

「お父さん、本当！」

「やった！」

「やっちゃ〜っ」

士郎が「でも、それじゃあ――」と言いかけたときには、すでに樹季たちが万歳《ばんざい》をしながらぴょんぴょんと跳ねている。

「くぉぉぉぉんっ」

こうなると、エリザベスのみが隣家へ戻ることになる。

それがわかっているのか、なんとも寂しそうな反応だ。

「えったん。いーこーねー」

「帰ってきたらササミのおやつあげるから！」

「夕方にはいっぱいお散歩へいくから。ね！　エリザベス！」

「くぉん」

それでもササミのおやつと散歩で納得したのか、エリザベスはショボンとしつつも、この場は諦めたようだ。

士郎たちは颯太郎に連れられて、児童館へ行くことになった。


颯太郎の運転する自家用ワゴンで児童館へ着いたのは、一時を回ったくらいだった。

〝せっかく父さんが着いてきたんだから、士郎も自分の用事を優先していいよ。何か図書館で調べ物があるんでしょう〟

颯太郎から言い出してくれたのもあり、士郎は一人で図書館へ向かった。

児童館と併合している規模の図書館なので、置いてある本の数はそれほど多くはない。

ただ、学校の図書室に比べれば何倍もの数があるし、何よりそれ相応の専門書が置かれている。

また、リクエストをすれば入荷してくれることも多いので、士郎からすれば充分だ。

自宅から最寄り駅を越えて、さらに遠い市内で一番大きな図書館までは行かなくて済む。

（わ～。睡眠科学、睡眠歯薬学、睡眠社会学――なんていうのもあるのか。でもまずは、脳科学かな？　睡眠というよりは、夢のメカニズムをもっと詳しく知りたい。あとは、記

憶力に関しても。そうしたら、総じて脳科学になるだろうし）

事前に調べてきた専門書のコーナーに立つと、士郎は目的の本を探した。

しかし、ずらりと並ぶ書物の中には、初めて見るタイトルや分野のものもあり、これだけで士郎は心が躍《おど》る。

一度にあれこれ手を出すわけにはいかないが、気になったワードは帰宅後にパソコンで検索決定だ。

ただ、そこで出てきた情報を鵜呑《うの》みにせず、こうして書籍で再確認するのは、士郎自身が見たものすべてを記憶してしまうため。

仮に間違った情報でも一読で覚えてしまうので、ネット上で調べてさらに出版元と著書が確かな専門書数冊を読み比べて確認するのが、士郎の学ぶ基本となっていたからだ。

（あ、神経生理学もかな？）

そうして今日も、士郎は長編大作な明晰夢を見たことをきっかけに、興味の赴《おもむ》くがままに関連専門書を読み始めた。

誰が見ても小学生が読むような内容の本ではないし、専門用語も山盛りのはずだが、士郎はこれらも辞書を引きながら、ひとつひとつ丁寧に理解できることを増やしていく。

ただ、普段からこうした緻密《ちみつ》な作業姿を見ているからこそ、ここに勤める司書たちも士郎からのリクエストには全力で応えていた。

どう考えても士郎しか読まないし、読めないだろう本だとわかっていても、自分たちもあとを追うようにして目を通し、貸し出し実績を作っておくという地味な努力までもしている。

そう考えると希望ヶ丘の神童は、本人の努力がなければ生まれていないし、また周りの協力がなければ成長もしていないということだろう。

（――さすがに超記憶力との関連事例なんかは、専門以前にレアケース過ぎて載ってないか。僕の中では、明確な寝起きの時間から〝これは夢〟っていう自覚や線引きがなかったら、それこそ現実も夢も一緒くたになって混乱をきたす感じなんだけど。これってやっぱり脳の皮質活動が活発すぎるのかな？　なんにしてもタイムリーに入ってくる情報をきちんと処理していかなければ、あとから全部現実にあったこととして思い出しかねない。バグになりかねないから、ここの整理だけはきちんとしておかないと、ものすごい記憶違いとか起こしそうだ。心して気をつけよう）

そうして今日も瞬く間に時間が過ぎた。

三時過ぎには七生が睡魔に襲われ、寝ぐずり始めたので、先に連れて帰ると颯太郎が声をかけてきた。

樹季と武蔵は、その場に知り合いもいたのでまだ遊ぶ。

また、夕方になったら、颯太郎の代わりに充功がエリザベスの散歩がてらにママチャリで迎えに来てくれることまで、その時点で決まっていた。

　ここは颯太郎が連絡をしてくれていたのだ。

　至れり尽くせりで、士郎からすれば有り難いなんてものではない。

　その後も読書に集中できて大満足だ。

（あ、もう四時半か――）

　また、時間内に読み終えていない分があっても、一通りページを捲って目に映せば、そのまま覚えていく。

　借りて帰らずとも自宅でゆっくり思い出して、脳内読書をすることができる。

　特に重要な部分などは、形だけでもノートやＰＣに文字起こししておけば完璧だ。

　士郎は壁に掛かった時計を見ると、目の前に積み上げていた本をせっせと元へ戻した。

（充功は五時ぐらいかな？　自転車で来てくれるなら、少なくとも武蔵や樹季は乗せてもらえるから、遊び疲れていても安心だ）

　そして、受付で「ありがとうございました」と職員に声をかけてから、図書館を出て児童館へ向かう。

（やっぱり普段より人が多い。ざっと見ても五十人前後？　夏休み対応の学童保育もあるから、朝からいるって子も多そうだな）

　プレイルームへ入っていくと、他校からも子供たちが来ているためか、なかなかの賑《にぎ》わいだ。

いつもは広々として見えるが、今日はそうでもない。

小学生が大半の子供たちは二人から四人ぐらいがグループになっており、部屋の至る所へ散らばっている。

そんな中で、士郎は樹季と武蔵を探して室内を見渡す。

「ぐーっ」

「っ⁉」

すると、いきなり聞こえた鼾《いびき》に驚き、士郎は全身をビクリとした。

見れば入り口近くに設置されていた学習コーナーの一角で、充功くらいの年頃の男子がものの見事に爆睡《ばくすい》している。

中肉中背に白いTシャツとジーンズ。黒髪も普通にカットされており、良くも悪くも特別に目を引く特徴があるわけでもない。ごくごく普通の男子だ。

ただ、士郎はどこかで彼を見たことがあった。

これは勘《かん》としか言いようがないが、初見《しょけん》ではないことだけはピンときたのだ。

（うーん。話した覚えがないから、どこかですれ違ったか、一緒だったか。その程度かな？　まあ、ここは賑やかだけど涼しいし、席さえ確保すれば昼寝場所にはピッタリだからな）

さすがに情報がなさ過ぎて、どこかで見かけた程度の認識しかなかった。

だが、一歩家を出れば、いつどこで誰が視界に入っていても不思議はない。

士郎の記憶の中には、映画やドラマで言うところの群衆であったり、行き交うエキストラ状態であったりという人々が、それこそ数え切れないほどいる。

それでも日々の記憶さえ遡っていけば、いつどこで見た者だかはわかるが、今はそうまでして思い出す必要がない相手だ。

また、それが必要な状況でもない。

仮に次に見かけることがあれば、「あのとき児童館で爆睡していた子だ」と直ぐに思い出すだろうが、なんのきっかけや印象もない相手をポンと思い出せるほど、士郎の記憶力もそう都合よくはない。

忘れていないのと、直ぐに何でも思い出せるのとは、また別の話だ。

ネット検索や自前のＰＣメモリーであっても、目的のものを探し出すには、キーワードやファイル名がいる。

ようは、士郎の記憶確認もそれと同じなのだ。

「ぐー」

(それにしても、本当によく寝てる)

ましてや、ここでは特に珍しい光景でもなかったので、士郎はこれで納得をした。

さすがに図書館で涼んだり、爆睡したりは気が引けるのか、こちらに紛れ混んで——という中高生などをたまに見ていたからだ。

士郎は、改めて樹季と武蔵を探す。

そして、丁度目に付いたときだ。

（あ、いた）

「だからどうして意地悪するの？　さっき順番に遊ぼうねって言ったよね？　それでも武蔵は先に譲って上げたでしょう。なのに、どうして君はずっと独り占めしてるの？　武蔵だけでなく、他の子だって遊びたくてずっと待ってるんだよ」

樹季が幼稚園くらいの男児に向かって、かなりしっかりしたお説教をしていた。

男の子の手には、プレイルームに寄贈《きぞう》されたのだろうか？　一昔前の携帯ゲーム機が持たれており、どうやらそれを巡ってのことらしい。

こうした場所では、よくある展開だ。

「うるさいっ！　あっちいけ！」

「わっ」

ただ、注意されたことが気に入らなかったらしい男児が、ゲーム機を振り回した。

それが樹季に当たりそうになり、途端に武蔵の顔つきが変わる。

当然のことながら士郎もだ。

「お前！　いっちゃんに何するんだよ！」

「うるさい！　うるさい！　うるさい!!　お前もあっち行け！」

「なんだと！」

「駄目だよ武蔵。叩いたりするのは、絶対に駄目っていつも言われてるでしょ――、あ。士郎くんっ！」

　士郎は第一声を放つより先に、男児と樹季たちの間に走った。

弟たちを庇うようにして、立ちはだかる。

「なっ、なんだよっ！」

　一瞬男児が後ずさる。

　士郎は面と向かって見下ろすも、その男児はまったく見覚えがない。

少なくとも、同じ町内の子ではない。

ましてや、幼稚園が違えば知り合う機会もないし、夏休みに入ったばかりの今なら、たまたま親戚の家へ遊びに来た子という可能性もある。

「君、誰と一緒に来たの？　大人の人？　お友達？　それとも一人で来たの？」

「――かっ、関係ないだろう！」

　樹季が声を上げたところへ、士郎までもが出て行ったことから、周囲が明らかにざわつき始めた。

しかし、未就園児《みしゅうえんじ》のいないこの部屋の中には、付き添いの大人はいない。

職員は常駐《じょうちゅう》しているはずだが、今は席を外しているのか、その姿もない。

見知った同校の六年生の女子たちはいたが、それ以上に大きな子となると、爆睡していた男子くらいだ。

こうなると、士郎は本人を追求するしかない。

「うん。関係ない。けど、君が僕の弟たちに乱暴なことをしようとしたのを見たからね。そこはきちんと話をして、叱ってもらわないと駄目だから」

「言いつけるのかよ！」

「悪いことをしたのは君でしょう。言いつけられるのが嫌なら、ちゃんとごめんなさいをして、これからは順番を守って、みんなと仲良く遊ばなきゃ」

「……っ」

頭ごなしに怒鳴られるでもすれば、泣いて終われる年頃だ。

だが、士郎は間に入ったときの勢いこそ激しかったが、話すトーンは淡々として、むしろ穏やかなくらいだった。語尾も優しい。

こうなると、逆に驚いたのか、男児が意気消沈し始める。

士郎は少し屈んで、男児に目線を合わせた。

この様子だと、一人で遊んでいたらしいのもわかって気になる。

「君だって、一人で遊んでいるより、みんなと遊んだほうが楽しくない？　ゲームだって、ずっと一人で遊び続けるより、みんなでワイワイしながらやるほうが楽しくない？　絶対に怒らないから、僕に今思っていることを聞かせてくれないかな。君はみんなと一緒に楽しく遊ぶのと、一人でゲームをしているのとどっちがいいの？」

それでもまずは、本人への確認だ。

士郎は男児に対して簡単に二択を出した。

どんなに小さい子でも、どっちがいい？　と聞けば、大概はこっちと答える。

それ以外に思うことがあるならまた別だが、この状況ならまずこの二択だ。

「……っ、一緒に楽しく」

そうして男児の答えは出た。

かなりバツが悪そうにしているが、これが本心なのは確かだろう。

むしろ、ゲームを独り占めしていたのも、一番周りに人が集まり、尚且《か》つ定期的に声もかけてもらえる。

だが、手放したらこの場に知り合いのいない自分からは、声をかけられない。

仲間に入っていけない。

それでこのポジションを維持しようとしたのかもしれない。

（一人っ子？　もしくは年の差兄弟？）

士郎はなんとなくそう感じた。

家の中に年の近い兄弟がいれば、もう少し同世代に対しての、アプローチの仕方を身に着けている気がする。

しかも、こうして士郎が話しかける分には、それなりに聞き分けがいい。

ある程度年上の相手なら大丈夫と言うことは、大人だけの中で育ったのかな？

もしくは年の離れた兄弟がいるタイプかな？　と思えたのだ。

「そう。そしたら意地悪しちゃ駄目だし、ここにあるおもちゃの独り占めも駄目だよね？　君の持ち物なら無理に貸すことはないけど。今、その手に持っているのは、ここのもので、みんなが使えるものだもんね？」

「――うん」

男児はコクリと頷いた。

「わかったら、先にごめんなさいをしようか。そしたら、樹季や武蔵はいいよって言って、笑ってくれるよ。一緒に遊ぼうって言ってくれる」

士郎が身体を横へずらして、改めて樹季や武蔵と対面させる。

「ご、ごめんなさい」

ぺこっと頭を下げると、樹季と武蔵の顔にパッと笑みが浮かんだ。

「うん。いいよ。もう意地悪しないでね」

「ゲームもブンブンしたら駄目だからな！　で、それどうやって遊ぶの？　教えて！」

「――うん!!」

切り替えの早い樹季や武蔵も見事なものだが、見ていた周りも安堵したのか、一緒になって笑っている。

これだけのことだが、室内の空気がガラリと変わった。

どこからともなく、「あー、よかった！」「さすがは士郎くん!!」などといった声も聞こえてくる。

「湊《みなと》！　どうしたんだ。何したんだ？」

すると、そこへ先ほど爆睡していた男子が足早に寄ってきた。

おそらく室内がざわつき始めて目が覚めた。

そこへ男児の「ごめんなさい」が耳に届いて反応したのだろうが、かなり慌てている。

「あ、兄ちゃん。これからゲームするの！」

「俺、教えて貰うの！」

「もう仲直りしたから大丈夫だよ」

とはいえ、とうの本人たちはあっけらかんとしている。

武蔵や樹季まで一緒になってニコニコしているので、男児・湊の兄はいっそう困惑しているようにも見える。

「ごめん……。聞いていい？　うちの湊は何をしたの？」

そうして彼の視線が、問いかけと共に士郎へ向けられた。

「ゲームを独り占めしていたから、注意をしたら少し揉めたんです。けど、すぐにわかってくれて、仲良く遊ぼうって。で、今遊び始めたところです」

「――そうだったのか。それは、湊がごめんな。あと、ちゃんと注意してくれて、ありがとう」

「いいえ。どういたしまして」

やはり中学一年か二年生くらいだろうと思えたが、湊の兄はすぐに状況を理解し、士郎に謝罪と感謝の言葉をくれた。

見知らぬ年下相手だというのに、しっかり頭も下げてきて、好感が芽生《めば》えたほどだ。

（うっかり自分が寝ちゃった間に起こったことだから、お兄さんも恐縮してるんだろうな）

士郎もここは「気にしないでください」とにっこり笑って返した。

と、そこへプレイルームに充功が友人二人を引き連れて入ってきた。

「士郎、樹季、武蔵。迎えに来たぞ」

「っ!!」

同じ中学生同士だからか、士郎より先に湊の兄が反応した。

それも反射的にビクッとし、怯えたふうにも取れる焦り方を見せて、顔も伏せる。

(――あ。でも、まあ、そうか。沢田《さわだ》さんは普通だけど、充功と佐竹さんはな……)

ただ、これに関しては、充功のオラオラな態度かつ、かけ声に反応したのだと、士郎はすぐに察した。

ちょい悪気《ワル》取りだが、実は「俺の弟たちをいじめたら、ただじゃおかねぇぞ！」な超ブラコンが作り上げた〝怖いお兄ちゃん像〟だということは、地元の同級生たちなら、みんな知っている。

というよりは、同学年でなくても、キラキラ大家族を知る者たちなら充分理解している。

しかし、そのことを全く知らない者なら、特に年の近い者なら、やはり怖いお兄ちゃんな雰囲気だけでもビクリとするし、避けたいタイプと認識するだろう。

ましてや、充功自身はどんなに肩で風を切ったところで、キラキラ大家族の家長《かちょう》と呼ばれる草食系美男・颯太郎のコピーで迫力に欠ける。が、背後に控《ひか》えていた佐竹は、見た目から何からオラオラなオーラが全開だ。

実際の性格はさておき、すでに夏休みに入ったからか、昨日までとは髪の色は違うし、普段着もいっそう派手《はで》だ。

趣味グループでは、ヒップホップ系のダンスなんかもやっているようで、ファッションもそれ系なものだから。士郎からすると、サイズのあっていないダボダボなパンツにTシヤツ、パーカーで金髪がアニメキャラのように逆立《さかだ》っている。

一瞬とはいえ、室内にいた子供たちも身を引くくらい素行《そこう》が悪く見えた。

「あ！　みっちゃん!!　エリザベスは？」

「今だけ玄関前に繋いで来てるから、早く行くぞ。待たせたら可哀想だからな」

「はーい」

それでも先頭を切って歩いてきたのが充功な上に、話題がエリザベスだ。

彼らが兎田家の子守チームだというのはすぐに認識された。

途端に安心からかクスクスされて、あっと言う間に柄《がら》の悪そうな少年も、アニメのキャラクター扱いだ。

「沢田さんと佐竹さんも一緒だ！　ってことは、自転車二台？　三台？　もしかして、みんな後ろに乗せてもらえるの！」

「おう！　任《まか》せて、任せて。樹季は俺の後ろに乗る？」

「乗る！　沢田さん」

「そしたら武蔵はこっちな。あ、どっちもお尻痛くならないように、うちで座布団を括り付けてきたからな！」

「わーい！　そしたらお尻フカフカ？　ありがとう、佐竹さん！」

そこへ持ってきて、武蔵や樹季との会話だ。

見た目からは想像も付かないほどの気配りというよりは、友人二人が一人っ子なものだから、ここぞとばかりに気合いの入ったお兄ちゃん気分を味わいつつも、甘やかしに大暴走しているのがわかる。

凍り付くまではいかないにしても、一瞬張り詰めた空気が、すぐに常夏《とこなつ》になった。

二人のオーラがデレデレ、ぬくぬくすぎて、館内のエアコンさえ効かなくなりそうだ。

(……座布団って)

だが、ここまで友人の弟に気を遣ってもらえて、文句などあろうはずがない。

士郎は充功を差し置き、沢田と佐竹に「いつも本当にすみません」と頭を下げた。

「いいのいいの」

「そんな遠慮するなよ、士郎。俺たちの仲じゃん!」

――どんな仲だ!?

とは突っ込みたいが、いつも親切で気立《きだ》てのいいお兄さんたちであることは確かだ。

士郎は今一度頭を下げてから、じゃあ帰ろうか――となる。

「ねぇ! 意地悪しなかったら、また遊んでくれる?」

すると、結果としては、たいして遊べなかった湊が声を上げた。

「いいよ。また今度会ったら。そのときはゆっくりね」

「湊! またな」

「湊くん。ばいば～い」

士郎が今一度にっこりしながら答え、それに武蔵と樹季が続くと、湊は「やった！」と喜んでいた。

「ばいばーい！　またね！」

元気よく見送ってくれる。

こうして士郎たちは、充功たちとともに、プレイルームをあとにした。

士郎は兄のほうが気にはなったが、

（騒がしいのがいなくなって、今頃ホッとしてるかもな）

――とは、思った。

6

児童館の玄関先へ出ると、そこではエリザベスが職員さんに構ってもらいながら待機していた。

「すみません。ありがとうございました」

「いやいや。こちらも楽しかったよ」

「バウバウ！」

そうして六人と一匹で合流。

そのまま建物の裏にある駐輪場まで歩くと、充功たちが乗ってきた自転車が三台あった。

この分では、充功が乗ってきたママチャリの荷台には士郎が乗ることになりそうだ。

座布団が付けられて、フカフカの特等席に仕上げられた友人たちのそれには、武蔵も樹季も目が釘付けだ。

自《みずか》ら万歳をして抱っこしてもらい、ニッコニコな顔で乗せてもらっている。

まるでどこかの王子様になったかのようにご機嫌だ。

ただ、このまま走って帰るのかと思いきや――。

「それにしても驚いたな。俺、体育の時間以外で広岡《ひろおか》がまともに起きてるのを、初めて見たかも。さすがに弟が一緒だと、違うのかな？」

佐竹がふっと漏らした言葉がきっかけで、充功たちは自転車に乗るのを留まった。

「広岡？」

「誰それ」

「あ、そうか。さっき、樹季たちに〝ばいばい〟してた子の兄ちゃんで、士郎の横に立ってた奴。俺のクラスの広岡海音《かいと》っていうんだ。ゴールデンウイーク明けに来た転校生で、住まいは夢ヶ丘町《ゆめがおかちょう》」

佐竹の話から、士郎は今一度、湊の兄の姿を思い浮かべた。

（ああ、同級生だったんだ。そしたら、本当にどこで見かけていても、おかしくない人だったわけだ）

あの様子では、クラスの違う充功や沢田は知らなくても、広岡のほうは知っていたのかもしれない。

そうなると、オラオラで登場した態度にビビったと言うよりは、日頃から校内で耳にする充功の噂も相まって動揺したとも考えられる。

兎田充功――。

本人が意図《いと》して怖いお兄ちゃんを演出しているのとは別に、校内ではもっとも怒らせてはいけないとされる人物であり、それ以上に嫌われたくないとされる人物だ。

ようは、何かと発言力や影響力があるだけでなく、ブレのない性格が好まれるのか、男女問わず人気者。成績こそ中《ちゅう》の下《げ》から下《げ》の上《じょう》といったところだが、容姿端麗でスポーツ万能、正義感も強く喧嘩《けんか》も強いとなれば、確かに人としてモテるだろう。

士郎からすると、我が兄ながら感心してしまう。

ただし、周りからすれば士郎も似たりよったりの身近なヒーローではあるが。

「――で、これがすごい偶然なんだけど。他県から嫁に来たはずのうちのばあちゃんとあいつのばあちゃんの地元が一緒の元同級生でさ。それこそ十年前くらいに、偶然オレンジストアで買い物中にばったり再会して、それからコアな茶飲み友達なんだって。なんでも今は向こうの娘が離婚調停中で、孫二人を連れて実家へ帰ってきた。――で、この孫が広岡海音と弟の湊。弟のほうは、確か武蔵と同い年だったはず」

なんとなく続く話に耳を傾け、各自が自転車を押して歩き始めた。

「それもまたハードな展開だな」

「まあ、この辺りで転校生って言うと、親が家を買って越してきたか、実家に戻ってきたかのパターンがほとんどだからな。転勤でっていうのは、一番聞かないパターンだし」

内容が内容だけに、充功や沢田もかなり真剣に答える。

士郎も荷台に乗せてもらった姿勢のまま話を聞く。

樹季と武蔵は楽チンなので、黙って乗せてもらうに徹しているし、エリザベスはここへ来るまでに充分走ったのか、ゆっくり徒歩でもご機嫌だ。

リードをハンドルに引っかけた充功の邪魔にならないようにテッテッと歩いている。

「けど、それってことは親同士は、ほとんど知り合いじゃないいんだよな？　佐竹の親父さんと向こうのお袋さんじゃ、ここへ来て初めて同じクラスの保護者同士になりました――くらいな感じじってことだもんな？」

そうして話の続きを促すように、沢田が問いかけた。

好奇心からというよりは、沢田は佐竹自身を心配したのだろう。

どう考えても心中穏やかではない広岡と、自分の意思とは関係なく、他のクラスメイトたちより近しい立ち位置に置かれてしまっているからだ。

「そうそう。だから、ばあちゃんたちから俺に話が来たんだよ。すぐにはこっちに馴染《なじ》めないかもしれないから、よかったら気にかけてやって――って。けど、あいつなんかいつもボーっとしてて、授業中も居眠りが多くて……。しかも、話しかけてもノリが悪いし。ただ、もともと俺みたいなのが苦手なのかもしれないから、結局見守りに徹するしかなくて。それで今も、わざと声をかけなかったんだけど……。でも、なんか無視したみたいで後味《あとあじ》が悪いなって」

案の定、佐竹はきっかけさえあれば、言いたかったことが蓄積《ちくせき》していたようだ。

しかし、この内容な上に、充功たちは別のクラスだ。

特に聞いてくることもない、興味もなさげな転校生のことを、わざわざ自分のほうからは言いたくはなかったのだろう。

充功が陰口《かげぐち》を嫌うのは知っているし。

逆を言えば、それだから沢田も自分から聞きに回ったのかもしれないが——。

(——わ。けっこうため込んでたんだな。でも、ゴールデンウィークからって言ったら、約三ヶ月近いし……。それもそうか)

どうやら佐竹は、士郎が思っていた以上に気を遣う人だった。

祖母経由で頼まれた責任も感じているのだろうが、もともとそういうタイプだったのだろうとわかる。

それこそ士郎の中でも、これなら樹季たちへのフカフカ座布団発想も納得だ。

最初は洒落《しゃれ》や冗談も含めてだと思っていたが、実は本当に親切心だったかもしれない。

逆立つ金髪とのギャップがありすぎて、改めて衝撃を受ける。

「気を遣って声をかけなかったのに気にするって。お前、いい奴だな」

「向こうだって無視だったし、そこは気にしなくていいんじゃね？」

「だって、なんか——。今が一番触っちゃいけない感じしないか？　その、親のことがあるし。ただ。さすがに居眠りばっかはどうかなって。周りからの評判も悪くなるだけだから、そこは注意したんだけど。ああ、うんは言っても、改善無しだからさ。けど、自分が同じ立場だったら、学校どころじゃないし。周りに愛想をよくしていられる余裕もないかなって考えちゃって」

それでも一番のネックは、広岡の両親の離婚調停を気にかけて――だ。

たとえ想像だけでも、子供の立場からすれば、気が気でないのは理解ができる。

それこそ家族の一生を左右することだし、すでに子供たちは、いきなり知らない土地へ引っ越しを強《し》いられている。

相手の心情を思えば、当たり障りない距離感で接しているくらいが、一番の親切だ。

むしろ、広岡が佐竹をどう思っているのかもわからないのに、一方的に気を遣い続けているのがすごいし、根本的に人がいいんだな――と、感心するばかりだ。

ただ、話はここで終わらない。

「あとは、あれ。この状況だっていうのに、あいつは親からはスマートフォンどころか、自分のメルアドひとつ持たせてもらえてないから、余計にお手上げって言うのもあるんだ。そりゃ、親もいろいろ大変なのかもしれないけど、せめてメールくらいできなかったら、こっちだって今何してるの？　とか。なんかあったらいつでもどうぞも、言えない。心配しているばあちゃんたちには悪いけど、いろいろ無理だろう」

「え⁉　今どきスマホどころかメアドなし？　通信手段無し⁉」

「それはきついな――。それこそ、元々のダチらとも気安く連絡が取れねぇじゃん」

さすがにこれは想定外だったのか、沢田と充功が顔つきを変えた。

親の離婚もさることながら、現時点で自分のスマートフォンがないというのも、彼らにとっては一大事なのだろう。

ましてや充功が言うように、こうなると転校前の友人たちとも頻繁《ひんぱん》に連絡が取れない可能性は大だ。

「――あ、だよな。最近、家電なんて使ってないし。どう考えたって、メールやSNS利用のほうが話が早くて、切り出しやすいもんな」

沢田も口にしたが、これが現状だ。

決して、大げさなことではない。

何せ、兎田家ほど家族が多くても、年々家電話の使用頻度《ひんど》は減っている。

仕事や友人関係だけでなく、学校関係、保護者同士の連絡さえ、携帯番号利用かメールに移行しているからだ。

それこそ最近士郎が受けた家電話も、営業か詐欺が八割。それもどうかという話だが、事実は事実だ。

（切り出しやすい……か）

今夏に蘭の携帯電話を借りたくらいなので、士郎はまだスマートフォンは持っていない。

だが、自宅には颯太郎からのお下がりＰＣが何台かあり、士郎には自分専用にもらったノートＰＣもある。

当然、個人用のメールアドレスも持っているので、スマートフォン持ちの友人たちとはメールでのやり取りもそれなりにある。

特に相談事に関しては、メールで「聞いてもらってもいい？」という打診が届くことも多く。これこそ口では切り出しにくいが、文字ならば――という心の表れだろう。

そもそもキッズ携帯が普及したのも、親の心配や都合というのが大きいだろうし。

何より「便利」「簡単」「早い」の文字には敵《かな》う物がないのは、大人も子供も一緒だ。

「そうだろう！　だから、俺も一度ばあちゃんに言ってみたんだよ。その、広岡のばあちゃんに、これどうにかならない？　って伝えてよって。そしたらさ」

そうして話は佐竹に戻った。

瞬時に理解を得られて嬉しいのだろう、声が大きくなる。

「そしたら？」

「そんな金の余裕はないって感じ？　なんつーか。離婚とかって、大変ぽいし」

心なしか充功や佐竹も身を乗り出す。

それどころか、士郎や樹季、武蔵やエリザベスまでもが一斉に佐竹の返事に注目だ。

「ううん。それならまだいいかな。なんか――さ。前にネットやゲームのやり過ぎで、学校で居眠りが続いたらしくて。それが原因で、学校でも問題になったぽくて……。親が呼び出し食らったりしても直らなくて。結局、全部没収《ぼっしゅう》のまま今にいたる感じ？」

ただ、この返事もまた士郎からすれば、意外だった。

「しかも、それが夫婦喧嘩の理由のひとつにもなっているから、こればっかりはどうしようもないって。なんか、広岡のおばあちゃん自身も、孫の前ではスマートフォンを出し辛くなって困ってるらしい」

（――え!?　ってことは、親のモラハラとか経済DVの影響じゃなく、自業自得？　しかも、離婚理由のひとつって――。あのお兄さんが？）

佐竹の説明を聞くだけなら、これは広岡自身もそうとう悪い。

自制が利かなくてやらかしたのか――というふうにも聞こえる。

ただ、今さっき本人と立ち話をしたばかりの士郎からすると、何か引っかかった。

――そうは見えない外面《そとづら》のよさだった。

そう解釈してしまえばそれきりだが、なぜかそうは思えない。

これぱかりは直感としか言えないが、士郎がこれまでに見てきた問題児を彷彿《ほうふつ》とさせるような雰囲気もなければ、眼差しもしていなかった。

少なくとも、素直に「ごめんなさい」と「ありがとう」が出てくる子供に、士郎は歪《ゆが》みを感じたことはない。

逆に、表面上これらを作り込んでいるなと感じた子供は、闇が深い。

だが、そんなことを士郎が考えていたときだった。

「うわっ～。それはもう、お手上げだな」

「だな――。しかも、それだと広岡のばあちゃんも気の毒だ。今どきネット環境なんて、シニア世代だってバンバン使いこなすライフラインだし。うちのばあちゃんなんて、野良《のら》狸《だぬき》のほのぼの動画を撮って、そこそこの再生数を稼ぐくらいは、使いこなしてるしな～」

「っ!?」

話の流れからとはいえ、これはこれで聞き捨てにできないことが耳に入ってきた。

樹季と武蔵の目が輝く。

口元を押さえて「狸？」「ぽんぽこ!?」と、アイコンタクトを取っている。

「いや待て、沢田。野良狸って何だ？」

「お前、さらっとすごいこと言ってない？」

これには充功も佐竹も困惑しつつ、食いついた。

「あ、ごめん。野生の狸のことだよ。でも、この辺は山も多いし、猿とか狸とかけっこう見ない？　うちには昔から遊びに来てるぞ。多分、庭の敷地内に祠があって、いつもばあちゃんが供物《くもつ》を置いてるから、それを食べに通ってるんだとは思うけど」

沢田にとっては珍しいことでもないので普通に答えているが、士郎からすれば気になる単語のオンパレードだ。

（猿？　狸？　旧町のほうって、そんな野生動物まで出るの？　しかも、庭に祠ってことは各戸屋敷神？　間違ってもクマさんの実家――とかではないよな？　さすがに氏神の住処は神社だろうし）

驚きつつも、ちょっと楽しくなってきた。

樹季と武蔵など顔を見合わせて、

「武蔵。狸さん見たいよね」

「見たい！」

「そしたら今度沢田さんのおばさんに聞いてみようか」

「賛成！　きっと七生も見たいって言う！」

「だよね～っ」

勝手に夏休みの計画を増やしている。

ただ、これればかりは士郎もこの計画に乗ってしまいそうだ。

沢田の家族なら、士郎も面識がある。

――狸が来そうな日に、おじゃましてもいいですか？

これくらいなら言えそうだ。

今から手土産《てみやげ》まで何がいいのか考えてしまう。

「あ、そういうことか！」

「餌《え》付《づ》けしちゃったのか！」

充功と佐竹も「な～んだ」と声を出して笑っている。

深刻な話が続く中では、かえっていい脱線だったのかもしれない。

「ばあちゃん曰《いわ》く、当家の神様が狸なだけ！　らしいけどな。でも、今や人気動画になってて、しっかり自分の餌代は稼いでるみたいだから……、って！　それはいいんだよ。問題は広岡だろう」

それでも話はすぐに戻った。

沢田が「ごめん」と会釈をしつつ、話を佐竹に返したからだ。

「いや、こうなると野生の狸より問題な奴ってどうなんだ？　未だに学校でウトウトしてるってことは、内緒で夜中にネットかゲームの可能性は？　もしかしたら夜中にばあちゃんのスマートフォンを借りちゃってるとかはないのか？」

充功も思いつくままを口にした。

普通に考えたら、きちんと夜に寝ないから、日中にウトウトしてしまうのだろう――という解釈になる。

また、そうしたことなら、ここにいる三人にだって、覚えはあるだろう。

寝しな、ベッドにスマートフォンを持ち込んだが最後だ。これは机に向かうPCとは違ってヤバい！　と。

充功にしても中学生になってから、初めて自分の番号のスマートフォンを買ってもらったときには、設定や何やらで明け方近くまで弄《いじ》ってしまい、翌日は学校で居眠りをした。

そしてその夜も、やっぱり弄り倒して、翌日もまた丸っと一、二時間目は爆睡だ。

ただ、その時期は母親が亡くなってからまだ二ヵ月程度だったので、先生たちは叱らなかった。

それどころか、友人たちが「大丈夫か？」「無理をしてないか？」「保健室へ行っていいぞ」と真顔で心配してきて、そうとうな罪悪感を覚えたらしい。

しかも、堪《こら》えきれずに「実はスマートフォンで徹夜を……」と謝罪し、白状しても、「そっかそっか」「ちょっとは気が紛れたか？」「でも、さすがに今夜は寝ろよ」「あ、メアド交換ヨロ」で笑ってくれたらしく、申し訳なさまで乗っかってしまったのだ。

家でも自らその話を切り出し、反省を含めて報告済みだ。

以来、自主規制を心がけて、どんなに遅くなっても二十三時にはスマートフォンを手放し、夢の中へ――を、実行している。

仮にどうしてもそれができなかったときは、特に気合いを入れて日中は起きている。

「あ……。さすがにそこまでは考えなかったけど、可能性はあるよな。ゲーム依存とかって言葉も耳にするし。それに、広岡のばあちゃんは早寝早起きで畑仕事をしてて、母親はこっちに来てから夜勤もある食品工場で交代勤務をしてるって聞いた。夜にいないことも多いから、家での監視がゆるゆるなのかもしれない」

充功の想像から話が広がり、佐竹も聞いている限りの広岡家の状況と照らし合わせて、推理らしきものをしていった。

士郎もこれらを聞きながら、

（普通に考えたらそうだよな）

――とは、思う。

「でもさ。そこまで頻繁に居眠りをしてたら、こっちでも親が呼び出しをくらうんじゃないか？　それでも未だに続いてるって、母親が叱らない系？　誉めて伸ばすしかしないタイプなのか？」

そして、聞き出す情報が増すごとに、沢田は新たに浮かぶのだろう疑問をぶつける。

「うーん。そこは、広岡のばあちゃんが二度くらい学校へ出向いたって聞いたかな。なんか、今は母親も大変だし、耳には入れてないみたいで。この辺りは、ばあちゃんの我が子可愛さって感じ？　だからって、孫も叱ってはいるみたいだけど……」

「それでも未だに直らないってなったら、身内から引き離したところで、規則正しい生活させるとかってパターンしかなくね？　それこそ電波の遮断《しゃだん》されたところで、矯正《きょうせい》するとか。ちょうど夏休みなんだしさ」

ここで充功が、かなり単刀直入な解決方法を口にした。

自制できないものは、他人が強制するしかない――と。

（っ⁉）

ただ、これに士郎は驚いた。

もともと充功の口が悪いことは知っているが、それでも他人様のことでとやかくいうことはまずない。

話のどこかに家族が関わっていない限り、人は人、余所《よそ》は余所だ。

（珍しいな。まあ、正論ではあるんだけど）

士郎は、自分を乗せたまま自転車を押し続ける充功の横顔をジッと見る。

「あ……、そういう方法もあるか。そしたら俺からばあちゃん経由で、向こうにそういうやり方も視野に入れてもらってみるよ。ぶっちゃけて言うと、クラスの中ではもう、悪目立ちしてる。これが他の中学なら、すでにいじめのターゲットにされていても、おかしくない浮き方をしてるからさ」

佐竹も充功の言い分に対して、驚きが隠せなかった。

しかし、彼は彼で充功の性格は理解しているのだろう。

また、友人であり仲間だからこその言い方というのもあるのかもしれない。

あれこれ話はしたが、結局のところ、佐竹が何を一番危惧しているのかを口にした。

（いじめのターゲットか）

おそらく充功が強い口調で言い切ったことで、せめてこの夏の間にどうにかしないと、二学期にはクラスが荒れる。

それは随分前から、自分の中にもあった予感だと、認めることができたのだろう。

今日まで目をそらしていたが――と。

「うちは、っていうか。特に俺たちの学年には充功がいるから、かなりそういう雰囲気にはなりにくいほうだと思う。けど、広岡は見てわかるくらい周りからは好感を持たれてないし、すでに無視の対象っぽくなってる。それを本人がどう思っているのかはわからない。けど、自分なりに気にかけてきた俺からしたら、そんな気もないのに仲間外れにしている側に置かれてる感じがして、モヤモヤし始めている。でも、これをクラスの誰かに知られたら、それこそ俺が率先していじめの主犯になりそうじゃん？」

そして、佐竹は自身の中にも悪感情が芽生え始めており、すでに葛藤があることも、この場で吐き出した。

士郎からすれば、偶然この場に居合わせて話を聞いただけだが、いじめのとっかかりにもいろいろあることを改めて教えて貰った気がする。

そもそも、いじめが起こるきっかけは、個人的に勃発した争いや、一方的なストレスの解消、嫉妬による八つ当たりが大半で。それを集団・肥大化してしまうのが、近しい人間たちの自衛や保身による同調言動だろう。

それこそ人をいじめるのが楽しい、人が苦しんでいるのを見るのが嬉しいという人格の持ち主がことを起こさない限り、計画的ではなくその場の衝動や行きがかりだ。

ただ、何れのきっかけであっても、主犯の立ち位置が強ければ強いほど、同調者は多くなる。

佐竹はクラスでも強いほうだろうし、経緯だけを見てもできる限りのことはしてきた上で、広岡本人から袖《そで》にされてしまっている。

少なくとも佐竹が広岡に腹を立てる理由や、怒る権利はあるだろう。

――が、これが同調するだけの人間たちにとっては、変な免罪符《めんざいふ》と思われかねない。

だからこそ、佐竹は今日まで誰かに愚痴りもしなかった。

間違っても、いじめの火種《ひだね》にだけはなりたくないのもあり、不満のすべてを自分の中だけで納めてきたのだろう。

さすがにそろそろ限界が来たようだが――。

しかし、士郎からすれば、こうしていじめを回避しながらも、結果として鬱憤《うっぷん》が溜まり続けて、主犯になってしまう場合もあるということだ。

こうなると、いかにしてきっかけを作らない環境を維持するかが大事になる。

それも一人二人が頑張ったところで、無理な話だ。個々にその気持ちを忘れることなく、また大切に維持していくしかない。

「いや、そこは一対一の喧嘩でいいんじゃね？」

すると充功が、さらりと言った。

それもちょっと笑いながらだ。

これには士郎も身を乗り出す。

「一番問題なのは、そうなったときに佐竹に乗っかろうって考える奴、実際乗っかる無責任な奴だしさ。むしろ、そこはいざとなったら俺たちが押さえてやるから、よっぽど腹が立ってきたら〝いい加減に人が心配してることくらいわかれよ〟って言って、怒っていいんじゃね」

いつになく力強い言葉だった。

（充功――）

士郎は、家族としての贔屓目なしに、今の充功がカッコいいと感じた。

理由があるのに怒るに怒れずにいた佐竹からしたら、どんな言葉よりも安堵できたし、またため込んでいたストレスそのものも軽減できただろう。

それは一瞬にして明るくなった佐竹の顔つきを見ているだけでもわかる。

何せ、ここから広岡との衝突が避けられなくても自己責任だが、それが自分の責任だけで済むように協力してやる。

喧嘩が喧嘩で済むように守るから、そこはこっちに頼れよ――と言ってくれたのだ。

「ありがとう。充功」

「俺も、他の奴らだっているからな」

「うん。ありがとう、沢田」

なんて頼もしい防波堤《ぼうはてい》がと思う。

しかしその反面、悪気《わるぎ》なく、むしろ自衛という本能から尻馬に乗る周囲を抑えることが、いかに大事なことであり、難しいことなのかも士郎は再認識した。

また、こうしたときに自分の味方をしそうな周囲、勝手に盛り上がりそうな周囲を断固として拒否できる意志の強さも不可欠で、それがまた途方もなく難しそうだと感じることも――。

(一対一の喧嘩――か。本当。一番いいのは、当事者同士だけでやり合って、解決することだよな。広岡さんからしたら、それだってビビっちゃうかもしれないけど……。でも、少なくとも、佐竹さんが何で怒っているのかくらいは理解できるだろうし、できない人じゃないはずだもんな。さっきの対応を見る限り――)

そして、充功の話はさらに続いた。

「――ってか。お前、本当に辛抱強くて偉いよ。少なくとも俺ならイラッときたとこで、奴の家に乗り込んでる。それこそ、力尽くでも夜は寝かせて、朝は学校へ行かせて。それでも居眠りしたらその場でたたき起こして。こっちの気が済むまで――。ようは、生活が改まるまで繰り返してやるぞ」

すでに、自転車を押しながらの帰路は、半分を超えている。

夏の太陽も西の空に落ちていき、直に姿を隠すだろう。

「だってよ。本人や家族からは、そんなのいじめだ、お節介《せっかい》だって言われるかもしれねぇけど。お前がそんなんだと、いずれは弟も煽《あお》りを食らっていじめられるんだよって、言ってやらなきゃわからねぇだろう？　だからこれはお前のためでなく、弟のためだって」

――と、ここまで話が続いて、士郎はいつになく充功の主張がはっきりしていた理由がわかった。

〝いいよ。また今度会ったら。そのときはゆっくりね〟

〝湊！　またな〟

〝湊くん。ばいば～い〟

〝ばいばーい！　またね！〟

あの時点で、湊が弟たちの友達だと認識された。

充功にとっては、丸きりの他人ごとではなくなっていたのだ。

軸のぶれないブラコン作用が、ここでもしっかり働いている。

「あっははは っ！　それ最高!!　超、充功らしい。でも、俺からしたら、その行動力が欲しいよ。それができたら、こんなところで愚痴を聞かせてねぇけどさ！」

佐竹もそこに気付いてか、声を上げて笑い出した。

誰から見ても爽快そうで、いい笑顔だ。

「いや、そこは親が離婚協議中って振り出しに戻るだろう。確かに広岡のことが理由のひとつかもしれないが、それ以外は親同士、大人同士の問題だ。それこそ大人が酒でも飲まなきゃやってられるかよーっていうのが、ゲームでもしてなきゃ――って、現実逃避なのかもしれねぇしさ。な、沢田」

「――うん。やっぱり一番のネックはそこだよな。俺は佐竹の用心深さは有りだと思う。でもって、ここまで気を遣ったんだから、少しはこっちの話も聞けよでいい。少なくとも、向こうの家族が頼んできて、巻き込んできたんだから、こっちだって意見を言うくらいの権利はあるだろう。外野のことは充功や俺たちに任せてさ」

「そっか。だよな。本当、ここで聞いてもらってよかったよ。俺、まずはばあちゃん経由になるけど、向こうのばあちゃんに言ってみる。それでも響かない感じだったら、広岡本人に直談判ってことで」

話がまとまったところで、士郎たちの家が見えてきた。

エリザベスの尻尾が大きく揺れる。

そうして、家の前まで来ると、三人が自転車を止める。

「俺、今の教室や校内の空気って言うの？　すごくイイ感じで好きなんだよ。これが壊れるのはいやなんだ。せっかく小学校の頃から、充功が睨《にら》みを利かせて、いじめ撲滅《ぼくめつ》を頑張って。今ではしっかり士郎も睨みを利かせてくれて、希望ケ丘の小中って、すこぶる平和を保ってるだろう。それが、おかしなことになるのは、マジで勘弁してほしいからさ」

佐竹は最後まで丁寧に、また気遣いながら樹季を荷台から下ろした。

「まあ。本音がこれだから、広岡のためとか、その弟のためとか、俺には嘘でも言えない。結局俺のイラつきって、ばあちゃん同士が知り合いってだけで、なんでこんな面倒事に巻き込まれてんだよ。ってことだからさ」

正直に、ありのままを口にして――。

だが、士郎にはそれが心地がよい。

そしてそれは充功や沢田も同じだ。

特に充功は、こうした友人たちの存在を誇らしく思っていることだろう。

それは士郎の目から見てもよくわかる。

「いやいや！　その成り行きで、俺は広岡のためを思って！　とか言われるよりは、よっぽどいいよ。誰もが充功みたいに、俺はお前の弟のために言ってるんだぞ！　なんてならないよ。俺だって無理！」

「どういう意味だよ」

「そのままだよ」

士郎からすれば、このブラコン体質を受け入れ、その上で友情を育《はぐく》んでくれる者たちに出会えていることが、兄弟揃って恵まれていると思う。

それこそ感謝が堪えないってことそのものが、幸せだな――と感じる。

「みっちゃんが優しいからだよ！」

すると、どこまで話を理解したのかはさておき、沢田に自転車から降ろしてもらった武蔵が声が上げた。

「うんうん！　みっちゃんは、どこの小さい子にも優しいから！　ね、エリザベス」

「バウン」

樹季とエリザベスもこれに続く。

複雑な内容はわからなくても、充功が湊を思って佐竹に協力をしているのは理解できているのだろう。

そして湊が自分たちの友達だから、大事な弟の友達だから――という、樹季たちにとっては、何より嬉しいことも。

「だってよ！」

「みっちゃん」

「みっちゃんはやめろ！」

そうして、思いがけず長くかかった帰宅となったが、士郎たちがしっかり御礼を言って、解散となった。

誰からともなく発する「またな」の声が、家に入っていく士郎たちの笑顔を、自然と倍増させていた。

＊　＊　＊

「ただいまー!!」

「ただいま～っ」

「おっか～っ。おっか～っ。うんまよ～！」

「お帰り～」

士郎たちが揃って帰宅をすると、すでに七生は目を覚まし、双葉はバイト先から帰宅をしていた。

今夜は寧も定時で帰ると連絡があった。

だが、樹季たちもいるので、士郎たちは七人で先に夕飯を済ませる。

それでも寧が帰宅し、食事を摂り始めると、士郎たちは再びダイニングテーブルへ着いた。

樹季と武蔵と七生はリビングでテレビを見ているが、颯太郎から士郎までは、恒例となっている日々の報告会だ。

「そっか。そんな話が出たんだ」

「佐竹くん、優しいね」

夏休みに入ったばかりだっただけに、まさかこんな話が出るとは思っていなかったのだろう。颯太郎や寧は、とても驚いていた。

「その広岡くんだっけ？　気持ち的には大変な時期だろうけど、本気でちゃんと心配してくれてる人間がいるってことには気付いて、理解して、自分自身の生活改善にも向き合ってくれるといいな。すでに調停に入ってるってことは、この先母親が引っ越しを決めない限り、夢ヶ丘町だっけ？　今の母方の実家で暮らしていくんだろうしさ」

「――だよな」

双葉もビックリはしていたが、直ぐに状況を理解し、今後についても口にした。

確かに広岡にとっては、今も大事だろうが、この先はもっと大事だ。

今以上の急展開が無い限り、希望ヶ丘中学に通い続けて、来年は高校受験だ。

今のうちに環境に馴染み、心穏やかに、そして日々前向きに、笑顔で過ごしていけることが望ましい。

それこそ下には湊もいるのだから――。

「樹季、武蔵。そろそろ寝る時間だよ。夏休みだけど、お父さんや寧兄さんはお仕事なんだから、起きる時間はいつもと一緒だからね」

そうして八時半を回った頃。

「はーい！　しろちゃん」

「そしたら、明日は早起きして、お庭にプールの用意だね！」

「プールプール！　やっちゃーっ」

士郎は、樹季と武蔵に声をかけて、二階の子供部屋へ上がろうとした。

すると、上機嫌で七生も着いてきた。

「そしたら、七生も僕らと一緒に寝て、明日に備えようか」

「あーいっ」

この瞬間、颯太郎は両手を合わせて、士郎に「ありがとう！」だ。

これから三階へ連れて行き、先に七生を寝かしつけてから仕事という予定だったのだろう。

士郎もそれがわかるので「うん。任せて！」と笑顔で返す。

まだまだ順番的には颯太郎と寧にべったりで、特に寝るときは颯太郎と一緒が一番落ち着く七生だが、以前に比べれば子供部屋でも寝られるようになってきた。

颯太郎の仕事を考えれば、七生が三日に一度でも子供部屋で寝てくれるようになれば、それだけでも楽になるだろう。

そう考えると、士郎はこの夏休みを利用して、少しずつ生活習慣に変化を付けていくのもアリだなと思った。

ただ、颯太郎自身が長年幼児と寝るのが習慣になっているのも確かなので、この辺りは常に要相談だ。

一人で寝られるほうが、さぞ伸び伸びできるだろうと考えるのは、颯太郎に関しては当てはまらない。世間の保護者から見ても、颯太郎の我が子溺愛は理解の範疇《はんちゅう》を超えていると聞いたことがあるので、小さな親切が大きなお世話にならないよう、ここは士郎も気を遣っている。

――が、なんとも幸せな気遣いだ。

士郎としては、七生の親離れよりも颯太郎の子離れのほうが心配ではあるが――。

「じゃあ、電気を消すからね」

「おやすみなさーい」

「はーいっ」

「ねんね〜っ」

こうして短くも長い一日が終わる。

士郎は布団に入って瞼を閉じた。

だが、ここから一時間くらいは、士郎だけの時間だ。

電気を消して、瞼を閉じても、士郎は頭の中で今日読んできたばかりの本を広げることもできるし、一日を映像的に振り返ることもできる。

（少なくとも俺ならイラッときたとこで、奴の家に乗り込む。力尽くで夜は寝かせて、学校へ行かせて。それでも居眠りしたら、その場でたたき起こして――か。確かに、そこまでされたら、一時的であっても昼夜逆転生活は矯正されるかな？　広岡さんが本当にネットやゲーム依存が理由で、それも家族のスマートフォンをこっそり使ってまで夜中に遊んでいるのなら――）

そして、今夜の士郎が思い返したのは充功の言葉。

そこから考えたのは、やはり自身の中で引っかかり続けている広岡のことだ。

（でも、なんだろうな？　そこまでしていたら、さすがにおばあちゃんでもお母さんでも気がつくような気がする。あとから佐竹さんが、あそこはおじいちゃんは他界していて、家の中に男性がいないって聞いたから、それで甘く見ているってパターンもあるかもしれない――とも言っていたけど。でも、僕にはそういうふうには思えない。やっぱり本人が、そうまでしてネットやゲームをする子かな？　家庭を壊した理由のひとつになってしまった自覚があっても、尚続けるってふうには見えないんだけど――）

しかも、本当にネットやゲーム依存なら、プレイルームで寝ていたことも引っかかった。依存するものに、特定や限定した「何か」があるなら別だが、そうでないなら、あの場には一昔前のものとはいえゲーム機があった。

図書館まで行けば、調べ物用としてではあっても、無料で使用できるパソコンもある。ネットにも繋がっている。

目的のサイトへ飛べるか否《いな》かは別として、本当に依存なら使って確かめることくらいはしないだろうか？

ゲームにしても、ずっと湊が抱えていたくらいなのだから、やろうと思えばやれる。あの場には、広岡よりも年上の子供がいなかったし、本当に「依存」と称されるくらいなら、寝ているだろうか？

いくら夜中に起きていて眠かったとしても――、というのも疑問だったのだ。

（でも、僕自身がそういった依存症の人は、テレビの特番でしか見たことがない。あとは、ネットでたまたま記事を目にしたくらいで、直接会ったことがないから、これはあくまでも勘の域だ。そうしたら――一番大事なのは、やっぱり事実確認だよな）

それでも士郎が直感に従えなかったのは、どこの誰より自分の無知に自覚があるからだった。

ちょっと見聞きしたくらいでは納得ができないし、半端な記憶とデータでは誤った選択をしかねないという怖さをも熟知している。

とはいえ、この事実確認は簡単ではない。

それこそ充功の話ではないが、広岡の生活を直接この目で見て確認する必要がある。

しかし、さすがにそれは無理だ。

四六時中の様子を知りたいとなったら、監視カメラがいるレベルになる。

(――クマさん。お願いしたら、協力してくれるかな?)

ただ、士郎はふっとそれができるかもしれない存在を頭に思い浮かべた。

クマに憑依していた氏神だ。

(お!!　どうした?　童から吾に願い事とは、珍しいの～。もしや、また七生になって、家族らに甘やかされたくなったか?)

すると、いきなり声が聞こえた。

それも脳にダイレクトに届いただけではなく、何やら聞き捨てならないことまで言っている。

(――え?　は!?　クマさん?　ちょっと待って。ってことは、僕が七生になったのは、やっぱりクマさんの仕業?　でも、夢だよね?　まさかリアルじゃないよね?　あのとんでもないドタバタ!)

士郎は思わず上体を起こすが、声はすれども姿は見えない。

しかも、この声自体、士郎にしか聞こえておらず。また、士郎も声は出していないので、あくまでも頭で考えた返事をクマのほうが受け取るか、読み取り、会話を成立させていることになる。

(夢じゃ、夢！　童がゆっくりゴロゴロできるのは七生くらいまでと言うてたので、ならばと、そういう夢を見せようと思ったままでじゃ。まさか、あんなに忙しいことになってしまうとは思わなかったが。そこは吾がそなたの性格を甘く見ておった。七生になっても、大人しくゴロゴロできるタイプではなかったということじゃな)

そうして士郎は、思いがけない形で、先日の夢が本当に夢だった！　と確認することができた。

自分では明晰夢だとは思っていたが、そう信じたいだけという自覚はあったので、ここは〝クマの仕業だが、どこまでも夢の中の話だ〟と知ることができて、かなりホッとした。

(おかげさまで！　本当に、ゆっくりどころか疲労困憊《ひろうこんぱい》だったよ。翌日まで疲れが取れなくて、危うく学校で居眠り――、あ！)

しかも、話をするうちに士郎はハッとした。

(どうした？)

(そうか――。日中に眠い、居眠りしちゃうのって、何も夜更《よふ》かしで遊んでいる反動からとは限らない。場合によっては、ちゃんと寝ているのに眠れていないってこともある。広

岡さんの場合も、考えられる理由は一つじゃないってことだ）

引っかかり続けていたことが、解けそうだった。

それも自身の直感という不鮮明なものではなく、理《り》に適《かな》った科学的な根拠を元に。

（ん？　何がどうした？）

ただ、いきなりあれこれ考え始めた士郎に、クマは追いついていけないのか、不安そうに聞いてきた。

（ありがとうクマさん。クマさんのおかげで、僕の中の引っかかりが取れそうな気がしてきた。でね。ここからはさっき考えていた、お願いのことなんだけど。実は――）

などで、士郎は改めてクマに説明をして、三日間だけ広岡の監視ができないかを聞いてみた。

それこそ昼夜問わず、七十二時間通しでだ。

（どうかな？　これって、クマさんにできることかな？）

これを人間がしようとしたら、何人かがかりか監視カメラが必要だ。

それも本人に知られずに――という、この時点で無茶振りとわかる内容になる。

（――いや、できるも何も、そんな願いでよいのか？　もっとこう、次は有名人になってみたいとか、改めて狭間世界や神々の世界へ行ってみたいとかでなくてよいのか？　なんなら空を飛びたいとか。先日はよかれと思ってだが、酷い目に遭わせたからの。吾もリベ

ンジを頑張《がんば》るが)

するとクマはどこかポカンとしているようだった。

氏神からすれば、「神頼みがそれなのか?」と思うような内容なのだろう。

何せ、まったく夢も希望もない。

ファンタジーでもない。

だが、今の士郎には、神に頼むほか事実確認ができないという、超重要ミッションだ。

(うーん。有名人は興味が無いし、異世界へも今はいいかな。空は興味があるけど、飛んだがために高所恐怖症だった！　とか発覚したら嫌だから、今回のお願いがいいです)

なので、士郎はこれをお願いし続けた。

(それだって、三日も氏神様の時間をもらうわけだから、充分すぎる。だって、この地域の人たちの守護神様を三日も僕が独占するんだからね！　こんなにすごいことはないでしょう)

内容はともかく、このお願い自体はとてもすごいと思うことも、しっかり伝えた。

(さようか?　童は口が上手いの〜)

(本当のことですよ)

若干持ち上げたのは見抜かれていたが、それでも今クマが動いてくれることは、感謝以外の何ものでもない。

そして、そこはクマも分かっているのか、胸を叩いてくれた。

実態はないが、クマがそうしたような姿が、士郎の脳裏には浮かんだのだ。

（よし！　任された。では、そなたの願いを叶えよう。三日経ったら、報告に来るでな！）

（はい。よろしくお願いします）

こうして士郎は、これから三日の間、広岡の様子を見てもらうことにした。

今の彼の日常がいったいどうなっているのか、それこそ神の視点から、ありのままを教えて貰うことにしたのだ。

7

昨夜よりクマさんこと氏神に広岡の監視を頼んだ士郎は、この三日間――これから七十二時間のうちに、自身が思い当たるすべての可能性に関して、調べまくることにした。

(――あのまま眠ってしまったのか。あ、そうだ!)

しかし、その前に――。

「今日から三日間は何もするなって、佐竹に言うの?」

翌朝、士郎は起床すると同時に部屋へ行き、まだ寝ていた充功を起こした。

そして、充電が終わっているスマートフォンを学習机の上から取って、充功の手に握らせる。

「そう。説明はするから、とにかく先に連絡して。もしかしたら、昨夜のうちにおばあちゃんに話してるかもしれないけど――。ただ、そうだとしても、この三日間は何もせずにいてほしい。何かしようとしていたら、佐竹さんに止めてもらいたいからさ」

「随分強引だな」

充功はベッド上で胡座をかくと、眠そうに目を擦りながらもスマートフォンを弄りだした。

メールではなく、直接電話をかけてくれる。

「もしもし、佐竹。俺。充功だけど、朝っぱらからゴメン。実はさ――」

早朝からこうしたことができるのは、やはり個人所有のスマートフォン同士だからだろう。

さすがに家族も出るだろう家電話だったら、先に時間を気にかける。

いくら夏休みであっても、平日の七時前からはかけられない。

ここは充功でも遠慮をするところだ。

たとえ寝ぼけ半分でも――。

「士郎が言うなら無条件で了解だとよ」

そうして、ものの数分もせずに話は終わった。

充功はスマートフォンの通話を切ると、大きな欠伸をしている。

「よかった。ありがとう」

「――というか、ばあちゃんにはまだ何も話してなかったって。さすがに、矯正合宿にでも入れたほうがって言うのには、自分がその手のことを知らなすぎる。多少は調べてからにしないと、無責任すぎるかと思って。昨夜ネット検索をかけまくっていたら、寝落ちしたのが今さっき。俺からの電話で一応起きたけど、また寝たわ。だから、あとはメールで」

眠そうにポリポリと頭をかいていたが、次第に目が覚めてきたのだろう。

充功の口調がしっかりしてした。

「そう。ありがとう。自分で調べてからってところが、本当に責任感があるね」

「ああ見えてな。それで。三日間って？　具体的な指定だけど」

「うん。あれから僕なりに考えて、広岡さんの居眠りに関して、ちょっと思い当たることがあったんだ。それで、いろいろ調べてみたかったから、その間は特に本人に何か言ったり、やったりせずに、いつも通りに過ごしててほしいかなと思って」

士郎はベッドの脇へ立ったまま、理由を説明した。

「ようは、お前が調べ尽くすための時間ってことか」

「まあね」

「ふーん……って、まさかお前！　広岡のばあちゃんのスマホや家のネット回線をハッキングする気じゃないだろうな!?　これこそ、これが夜中に遊んでる証拠だ！　とかって突きつけるために、使用状況を勝手に調べるとか」

ハッとした充功が身を乗り出す。

士郎は頭どころか、両手を振って否定する。

「そんなことしないよ。するわけないじゃん。だいたい、それならおばあちゃん本人に頼んで、直接契約元に通信状況を調べてもらったほうが早いし。わざわざ僕が悪事に手を染める必要なんてまったくない」

「――あ、そうか。いや！　それじゃん!!　少なくとも、あいつが夜中にネット三昧《ざんまい》なら、通信状況っていうのを調べてもらったら一発だ。さすがにオフラインゲームじゃ無理だろうけど、オンラインなら履歴が残る。家族のスマホこっそりでも、ＰＣこっそりでも」

充功がさらに思考を巡らせる。

完全に目が覚めたのか、なかなかいい回転だ。

士郎も、確かにそれは使える――と、同意見だ。

「まあ、それも一つのやり方だよね。逆を言えば、広岡さんが夜中にそうしたことはしていないって場合も証明になる」

「していない場合？　何、お前はそれ前提なの？」

士郎が笑って見せると、これはこれで充功がハッとする。

どうやらここで充功も気がついたようだ。

士郎が、充功や佐竹たちとは、逆の見方をしていることに。

「うん。僕は広岡さんがネットもゲームもしていないって視点から、だとしたらどうして日中そこまで寝てしまうんだろうって考えて、調べてみようと思ってる。それでも、夜更かし以外は考えられないってなってからのほうが、本人にぶつかるにしても、保護者経由で考えてもらうにしても、納得してもらえそうかなって思って」

「――なるほどね」

「あとはあれ。あの場で挨拶程度だったけど、話をしたんだ。僕としては普通に印象のいい人だったから、何か他に理由があるんじゃないかなって、気がしてるのもある」

「了解。――そういうことなら今日から三日間は、俺が樹季たちの面倒を見てやるよ。日中気が済むまで調べたらいい」

そうして士郎から説明を受けると、充功はこの場で即決をした。

「本当？　いいの」

「まさか、お前まで徹夜でどうこうしたら本末転倒だろう。それに、お前が調査に三日って、本気な上にかなりの用心深さだ。そこまでするなら、誰もが納得しそうな結果を見つけてくれそうだしな」

「ありがとう！　なら、そうさせてもらうね」

士郎は充功の理解に後押しをもらい、さっそく朝食後から自分のデスクに向かうことになった。

まずは一日目。

士郎はノートパソコンで思いつく限りの検索をかけて、ヒットしたものを頭に入れ、また手書きでも要点をノートに書き出していった。

「みっちゃん！　今日はプール！　プールの予定だからよろしく！」

「なんだって⁉」

「だから、今日はプールなの。準備お願いね」

「ね～っ」

「バウバウ！」

「……お前ら」

庭からは一日中、楽しそうな声がした。

「ザブーン！」

「武蔵、お水がもったいないから、ザブンは駄目！」

「ぶーんっ」

「七生！　今、樹季が言ったばかりだろ」

「ふへへっ」

「バウン」

充功が初日から大変そうだったが、士郎自身は安心して作業に打ち込んだ。

一心不乱に朝から寝るまでノートに纏め続けて、夜は爆睡だ。

それこそ夢さえ見ずに無の世界だ。


そして二日目。

「あ！　旗がない？　観察しようと思ってたアリさんの巣が、わからなくなっちゃった。この辺だったと思うのに……」

「いっちゃん。こっちにヨレヨレになってるミニ旗がある。もしかして、プールのお水で濡れたのかも」

「えーっ。そしたらアリの巣にもお水が入っちゃったかな？　どうしよう」

何やら不穏な空気の中、士郎は出かける支度をしていた。

「――は？　巣穴に楊枝を差し込まれた上に、水までぶっかけられるとか。アリからしたらそうとうな災難だな」

「僕、アリさんたちの住む所を壊しちゃったかな？」

聞こえてきた内容から想像すると、アリたちの悲鳴が聞こえて来そうだ。

いきなりノズルを突っ込まれ、殺虫剤を噴射されるよりは生存率は高そうだが、一日にわたって攻撃を受けるのもきつそうな気がする。

「まあ、アリは巣に出入り口を何カ所か作ってたはずだから、目印を付けられた時点でここはヤバいと思って、そこは中から塞ぎにかかってたかもな」

「だといいな」

「ね～」

「くぉん」

――これればかりは、生命力の強さと持ち前の賢さ発揮を願って合掌《がっしょう》するしかないが。

そんなことに一瞬気は取られたが、士郎は纏めたノートを持参し、内容確認するために図書館へ行った。

ネットで調べたことを鵜呑みにせずに、本を通して何人もの専門家が書き記していることを読み比べていく、いつものやり方だ。

ただし、今回は最寄り駅を挟んだ遠いほうの図書館を選択。

それを知ると、行きは颯太郎が車で送ってくれた。

「ありがとう、お父さん。わざわざ送ってもらっちゃって、ごめんね。これから出張なのに――」

「気にしなくていいよ。それより、父さんこそゴメンね。こんなときに限って留守にして。帰りはバスも利用していいからね」

「そこは前々からの予定でしょう。それに帰りは双葉兄さんがバイト帰りに寄ってくれるって言ってたから」

「あ、それで今朝は、バイトに行くのに駅まで自転車で行ったのか。なら、よかった」

「お父さんの帰宅は明日の午後だよね」

「夕方までには帰る予定だけど、何か心配だったらいつでも電話して。そこは仕事仲間も承知してることだから」

「はい。それじゃあ、父さんも気をつけて行ってらっしゃい」

士郎は図書館前から、今日は仕事で都内一泊になる颯太郎を見送り、一際大きな施設を見上げてから中へ入っていった。

（うわ！　やっぱり市内一の図書館って大きい！　さすがはSランク大学に隣接しているだけあって、チェックしてきた本が全部揃ってる！　しかも、なんか――。洋画に出てくるお城の蔵書室みたいな造りで、わくわくする！　ここまで来てよかった！）

そうして必要な本を集めて、近くの机に積んでいく。

特に意識したわけではないが、ちょっとしたバリケードだ。

全部積み上げると、士郎は持参したノートを開いて確認作業へ入る。

ただ、この様子を見ていた職員たちは、しばし困惑していた。

「――なあ。あの子、本気かな？　本当に読んでるのかな？」

「さすがにページを捲っているだけでしょう。なんかこう、そういうことをしてみたい年頃なだけじゃない？」

「もしかしたら、録画とかされているモニタリング？　もしも小学生が専門書を読みあさっていたら周りの大人は？　とかって、夏休みの自由研究にしようとしてる？」

「あ！　それか。きっとそうだ。そうでもなければ、あのコーナーは大学生か院生しか寄らないところだもんな」

そして、勝手に士郎の目的を想像し始めてしまった。

「あとで、向こうに麦茶が飲める機械があるよって、声をかけてあげる？　ここの職員さんは優しいって、学校で発表してくれるかもよ」

「いや、ここは普通に驚いてあげないと絵的に面白くないんじゃないか？　麦茶はネタバレしてから、そうだったのか～って言って案内するほうが好感度も上がる」

なぜか録画の内容まで気にかけ、ついでに施設の宣伝にも――と、盛り上がる。

――と、そのときだ。

「いやいや何を言ってるんだ。あの子はキラキラ大家族の四男くん。全国統一テストで小学生トップにして、まさに希望ヶ丘の希望な神童くんじゃないか。前に向こうの図書館に顔を出したときに話したことがあるけど、めちゃくちゃいい子で、司書の中でも大人気。なんか、影ながらあの子の将来を支えるのは俺たちだ！　って、リクエストが来たら、めっちゃ高価な本でも取り寄せたりしてるんだぜ」

なぜか鼻高々に解説する職員が現れた。

「お前の知り合いみたいな自慢するなよ」

「それより、すごい公私混同だな。希望ヶ丘の司書は」

「これこそが地域でする子育てだって言い張ってたけどな」

さすがに腕を小突かれて「すまんすまん、つい」と笑っていたが、おかげでモニタリングではないことは理解されたようだ。

「でも、そうか。あれって、ガチ読みなんだ」

「睡眠医学とか脳科学なんて、タイトルしか読めないわ」

「私も――」

「それにしても、この王立ナンチャラみたいな図書館に、めちゃくちゃ似合う子だよな」

「制服着てもらったら、英国の寄宿学校みたいに見えるかも。裏山から狸が飛び出してくるような場所に建つ図書館なのに！」

「胸元は黒リボンで蝶々結び推奨《すいしょう》。なんならマントも着てほしい」

「その妄想は自分の脳内だけにしておこうね。さ、仕事仕事」

こうして職員たちは、朝からいつになく盛り上がると、これまた一心不乱に本とノートを見比べ、さらに書き込みを増やしていく士郎を見守るに徹した。

士郎はお昼にいったん、持参のお弁当と水筒を持って飲食コーナーへ離席した以外は、双葉が迎えに来るまで必要なデータを頭の中に取り込み続けた。

こうして迎えた三日目。

颯太郎が留守でも、兎田家は寧を中心にいつも通り、起床した。

「いってきまーす。お留守番、よろしくね」

「気をつけてな～」

「はーい」

士郎は寧と双葉を見送った時点で、すでに自分ができることは終えていた。

あとは夜になったらクマからの報告を受け、明日には佐竹へ連絡を入れようと決めている。クマからの報告内容によっては、今後の行動内容を変えるつもりだが、いずれにしても今は待機だ。

それなので――。

「え⁉　今日は大丈夫って、もう調べは済んだのかよ」

「うん。だから、今日の子守は僕ができるよ。もちろん、充功がまだまだいけるって言うなら、任せちゃうけどさ」

士郎は見てわかるほど覇気をなくしていた充功に、子守交代を申し出た。

なんでも昨日は、樹季たちの言うところの「アリの巣の代わりになるような自由研究の対象を探す旅に出た」らしい。

それも町内にあるいくつもの公園を回って、行き先々で散らばる三人をエリザベスと共に追いかけ回して、最後は七生が「抱っこ〜」で、一番遠い公園から連れて帰ってきた。

——こんなことならチャリで来ればよかった!!

らしいが、七生は「抱っこ」と言ったら「抱っこ」なのだ。

その場にエリザベスがいて尚、乗るより抱っこだったのだから、結局は抱えて帰る羽目になっていただろうし、むしろ自転車はなくて正解だ。

ただ、その後もお風呂に入れたりなんだりで、最後は樹季や武蔵、七生にいい子いい子されて子供部屋に寝ていた。

しかも、起きたときには、武蔵と七生がドンと乗っかっていたことを考えると、まともに眠れていないだろう。

士郎も頭脳労働で疲れているのは一緒だが、さすがにここは——と、なったわけだ。

「うーん。そしたら、午前中だけ頼むかな、もう少し寝たい。あいつら俺だと容赦なくあれこれ言って、使ってくるからさ〜。今日も朝から公園よろしくとか言って。それも夢ヶ丘のアスレチックのあるところ指定だぜ。あいつらの体力ってなんなの?」

「それは——。充功が三人分動く羽目《はめ》になるからだよ。でも、了解。そしたら午前中は僕がその公園に連れて行ってくる」

「頼むな～」

そうして充功は自分の部屋へ上がっていった。

士郎は聞いたとおりの公園に行くために、キッチンで大きな水筒を一つ出して、氷と麦茶を入れて準備をする。熱中症対策もバッチリだ。

あとは一応、携帯電話を入れた肩掛けバッグに七生のオムツセットや、大きめの携帯ウエットティッシュも持っていく。

一言で「公園に連れて行く」と言っても、幼児から低学年を三人となれば、この準備。大人でもかなり大変だ。

すでに充功も士郎も、そこらのイクメン気取りよりは優秀かつ本物だろう。

(充功も甘いな。二度寝するくらい疲れてるなら、今日はなしって言っても、樹季たちなら〝はーい〟で家にいるのに。それこそ、意気揚々《ようよう》とお世話をしてくれる。勝手にお医者さんごっこの入院患者にされるかも、だけど)

すっかり準備が整うと、士郎は樹季たちに声をかけた。

「え！　そしたら今日は、士郎くんが連れて行ってくれるの？」

「うん。ちょっとお掃除とかしてからだけどね」

「嬉しい！　俺も掃除手伝う！」

「やっちゃ～っ」

「バウン！」

「そしたら、みんなも手伝って。あと、わかってるだろうけど、僕が付き添いってことは、追いかけっこ的なのは無理だからね。充功もいないから、今日は樹季が僕のお手伝いってことになるのも忘れないでよ」

そうして出かける前には、きっちり言っておく。

「はい！　任せて、士郎くん！」

「えーっ！　そしたら俺もいっちゃんのお手伝いをして、七生を見るよ」

「なっちゃも～！　えったんよーっ」

「バウン」

すると、各自がこの場でシフトチェンジ。

同じ兄でも小学生と中学生では甘え方も変わるのだろうが、何より直ぐ上の兄が子守役になると、直下の者の意識が変わる。

ここ二日は、とことん弟モードだっただろうに、半分くらいは兄モードだ。

末弟の七生にいたっては、こういうときだけはエリザベスを弟分扱いで、結果としては面倒を見られていても、気分だけは自分が子守する！　になる。

だが、士郎からすると、この心意気が大事なのだ。

少なくとも帰りに「抱っこ」は言わない。

エリザベスには申し訳ないが「のんの～」で頑張ってくれる。


そして、三時間後――。


「バウン」

「わー！　いっちゃん。アスレチック！」

「うん。ジャングルジムや滑り台も繋がってて、ブランコもある！　第一公園のより大きくて、すごいね」

「やっちゃー！」

結局、充功を起こさないよう、物音を気にしながら掃除をしていたら思ったよりかかってしまった。

それでも十一時前には家を出た士郎たちは、みんなでゆっくり歩きながら隣町の公園へ向かう。

そこには希望ヶ丘町の公園にはない、真新しい遊具があった。

最近増えたものだろう。子供の怪我などを危惧して、撤去《てっきょ》していく公園がある中、攻めた姿勢だ。

この辺りは、自治会の方針の違いもありそうだが、子供たちは嬉しそうだ。

夏休みだけに、すでに二十人くらいは遊んでいる。

中には芝生にピクニックシートを広げている五、六年生くらいの子たちもいた。

希望ヶ丘町と同時期に新興住宅地として開発された土地だけあり、こうした環境はやはり都心よりは整っている。

親世代が仕事に出るのは大変だろうが、育児には最適な土地柄だ。

「あ！　湊がいる」

と、ここで武蔵が声を上げた。

「湊くんのお兄ちゃんもだ」

「きゃーっ」

（あ、本当だ）

見ればジャングルジムで湊が遊び、広岡が側に立っていた。

武蔵たちが喜び勇んで駆け寄ったものだから、湊も気がつき、大喜びだ。

また遊ぼうね――との約束もしていたし、すぐに一緒に遊び始める。

小さな七生もいるので、その場で滑り台へ移動してくれた。

士郎は目が合った広岡に会釈をしながら、近くのベンチに荷物を置く。

そして、エリザベスに荷物番を頼んで、自分も滑り台の側へ寄って行った。

(――ってことは、クマさんもいるの？)

ちゃんと順番守ってブランコに乗っている樹季たちを見ながら、士郎はふと思った。

(いるぞ～っ。ここのところ子守で疲れたぞ。童は、なんてお願いをしてくれるのじゃ！　てっきり兄のほうを監視していればいいだけかと思いきや、あいつが寝てばっかりいるから、弟がチョロチョロチョロチョロチョロと！　気が気でなくて、ずっと子守だ)

すると、案の定――いた。

しかも開口一番愚痴ってきた!?

(――あ。すみません。そこまで考えていませんでした。でも、そうしたら、クマさんは夜寝ちゃいましたか？　実は夜に――。夜中に広岡さんが何をしているのかが、一番知りたかったんですけど)

目には見えない立ち話が始まった。

だが、最初に聞かされた愚痴から考えると、報告を待つ以前に、依頼の仕方を失敗してしまったかもしれないと思う。

(夜も寝てばっかりじゃ。あれだけ昼間に寝といて、あやつは冬眠中のクマか!?)

(――!?)

(いつから人間は、夏にもたっぷり寝るようになったのじゃ!?　あ、もしかして寝太郎《ねたろう》の子孫か！　そういうことか!?)

ただ、クマは士郎の依頼通り、ぶっ通しで監視をしてくれていた。

それも、返事に間違えがないなら、士郎が予想したとおりだ。

むしろ、それさえも超えてきた、寝っぱなしな気がする。

（寝太郎の子孫って——。え？　それって、寝太郎のモデルとされる大内氏家臣《おおうちしかしん》の平賀清《ひらがきよ》恒《つね》の子孫ってことですか？　いや、違う。こっちは三年三ヶ月もの間、日夜思案を重ねていただけで、寝ていたわけじゃない。たんに考えていた時間を、民話では寝ていたって変換されただけで。むしろ広岡くんの場合は、これだと冬眠のクマのほうが近い状態だ。もしくは、眠れる森の——美女はないか）

思わず会話用の言葉と自分の考えがごっちゃになってきた。

すると、そこはしっかり聞き分けているのか、クマがさらにここのところの様子を話し始める。

（しかも——、あやつの母親はヒステリックだし、ばばもそれが怖いのか、なんでも言われるままに〝はいはい〟だ。確かに仕事が忙しいようだが——。しかし、人間の教育上としてはよくないパターンな気がするぞ。そして、ばばは畑仕事があるから、日中は留守な上に、早寝早起きだ。結果、弟の世話は兄に丸投げなのに、肝心な兄が寝太郎ではな——。弟も家では好き放題じゃし）

なんとなく、言われるままの情景を想像してみる。

母親のほうは、仕事が忙しい上に離婚調停中とあり、気が荒立っているのだろうか？

そうした家の中で、子供にはあまり構えない祖母。

気がつけば寝っぱなしの広岡。

さらには、好き勝手をする湊を追いかけるクマの様子まで含めると、かなり大変な状況しか浮かばない。

むしろ、忙しく動くクマが、クマの縫いぐるみで想像できるところが唯一の救いだ。

少しだけほのぼのとする。

（――とはいえ、飽きっぽいせいかすぐに兄の横へ行って一緒に寝てるが、その分夜中に目が覚めて、トイレで兄やら家族を起こす。兄が起きればよいが、母親が起こされた日には、余計にヒステリックになって、もはやカオスじゃ）

ただ、一番確かめたかった広岡が夜に何をしているのかというのは、よくわかった。

やはり、士郎が思ったとおり、寝るのは寝ているのだ。

しっかりと眠れてはいなくても――。

（想像以上というか、想定外に問題大ありな家ってことか。こうなると、僕もちょっと視点を変えるか、想像を広げるかになるな）

などと思いながら、士郎は広岡のほうに視線を向けた。

すると、ブランコの側に立っていたはずの広岡は、気がつけば近くのベンチへ移動し、エリザベスの側で居眠りを始めている。

立っていられないほど眠くなってしまったのだろう。

ここはエリザベスに任せて、士郎は視線をクマがいそうなほうへ戻す。

(――でも、湊くんが夜起こすからってだけでは、ああはならないよな。そもそもの発端は、広岡さんが昼夜問わず寝ているから、それに時々合わせちゃう湊くんの生活時間までもが、狂ってくるんだろうし。特に、夏休みに入ったから、幼稚園もないし)

今度は時系列で広岡家の状況を想像し、また頭の中で纏め始めた。

しかし、エリザベスや武蔵たちが声を上げたのは、このときだった。

「バウバウ!!」

「湊くん!! 下りて、危ないよ!」

「へーきだよ! 樹季や武蔵もやってみろよ!」

「湊! 落ちたら危ないよ!」

ちょっと見ないうちに、湊が滑り台の踊り場に設置されている屋根に上っていた。

士郎からしたら、どうやって上ったんだよ! だが、そこそこ身体能力がある子ならば、階段の手すりなどに足をかけて、そのまま上れてしまうのだろう。

そう言えば、充功も昔、似たようなことをしていた。

もしかしたら、今もたまにしているかもしれない。

「駄目だよ！　湊くん。本当、危ないから、ゆっくり下り――っ」

士郎は慌てて滑り台の脇まで走った。

だが、それと同時にはしゃいだ湊が足を滑らせて――。

「あっ！」

湊が士郎に向かって落ちてきた。

すると、近くにいて気付いた子、偶然視界に入ったのだろう子たちが、いっせいに悲鳴を上げる。

（――っ!!）

（士郎！）

だが、とうの士郎は、いきなりすぎて悲鳴も上がらない。

クマが叫んでいたが、次の瞬間には反射的に両手を伸ばした士郎の腕中に、湊が尻からドンと落ちた。

勢いのまま士郎の身体が後方に倒れる。

だが、後頭部から背中辺りにかけてだけは、何かクッションでも置かれたような感覚だった。

おそらくクマが、そこだけは身を挺して守ってくれたのかもしれないが、他は痛い。

（クマさん……、平気？）

（吾は平気じゃ。童はどうじゃ？）

（うん。なんとか……。痛っ）

激痛が右手首と右足首に走った。

特に足首のほうは、倒れたときにゴキッっと嫌な音が聞こえていた。

「しっちゃっっっ！　あぁぁぁぁんっ!!」

だが、そんな痛みさえ、驚いて号泣し始めた七生の声にすっ飛んでしまう。

「士郎くんっ!!」

「しろちゃん！　湊っ！」

「うわぁぁぁぁんっ!!」

そこへ樹季と武蔵が叫び、士郎の手中から地面へ転がった湊が号泣だ。

「うっ……っ。大丈夫？　湊くん」

士郎も自分のことより、湊の安否《あんぴ》を確かめるほうが先になる。

「お兄ちゃん！　起きて、湊くんが！　士郎くんが!!」

「バウバウ！　バウバウ！」

「——っ、え!?」

樹季はすぐにベンチへ向かい、エリザベスと共に広岡を揺り起こした。

「大丈夫かっ！」

同時に公園の入り口から充功の声が聞こえた。

ママチャリに乗って、こちらまで爆走してくる。

「あ！　みっちゃん！」

まるで救世主を見たかのような樹季の声があがる。

「みっちゃん！　しろちゃんが‼」

「上から落っこちた湊くんを助けようとしたの！　でも、ぺしゃんってなって！」

「ああ。丁度、見えてた」

どうやら目が覚めたところで、すぐに追いかけてきてくれたのだろう。

こんなことなら、もう少し家にいて、一緒に出てくればよかったかもしれない。

――などと思ったところで、もう遅い。

充功は自転車から降りた勢いのまま、ようやく上体を起こした士郎の側へ片膝を突く。

「見せろ、士郎。これ、大丈夫じゃねえよな？　他におかしいところは？」

無意識のうちに右手首を左手で掴んでいたためか、充功の目がまずそこへいった。

「手首と足かな？　多分、捻挫《ねんざ》くらい？　だから、僕はいいから湊くんを見てあげて」

だが、充功が来たことへの安心感は、士郎にとっても大きかった。

かなり余裕が出てきて、口調もはっきりしている。

「馬鹿いえよ！　湊の兄は広岡だろうが！」

「っ!!」

ただ、ここで充功がぶち切れた。

スッと立つと、泣き続ける湊を起こし、宥《なだ》めていた広岡のほうへ向き直す。

利き手を伸ばすと、力いっぱい彼の胸ぐらを掴み上げる。

「ってか、テメェ！　どうしてちゃんと弟を見てないんだ！　なんで、こんなところでまで寝てるんだよ！　ネットかゲームかしらねぇが。夜にしっかり寝とかないからこんなことになってるんだぞ！　それもお前の弟だけでなく、俺の弟まで!!」

感情にまかせて揺さぶり、その上怒声を浴びせかける。

「ごめんっ!!」

「謝って済むか！」

このままでは、充功のほうが手を上げそうな状況となり、士郎が思わず叫ぶ。

「充功っ！　それを言ったら、僕も同じだから。いや、僕なんかちゃんと起きてたのに、目を離したんだ。気を逸らしてて――。これは僕自身のせいでもあるから！」

すると、

「そんなことはないよ！　謝らなくていい！」

広岡が強く返してきた。

これには充功もハッとする。

胸ぐらを掴んでいた手から力を抜いて、そっと放す。

「俺がちゃんと見ていなかったから……。ここでは一番年上なのに――。本当なら俺が弟くんのことだって見ていなきゃいけない立場なのに。本当に、ごめん！」

その場に両手をついて、頭を下げてくる。

地面には、一気にあふれてきただろう涙がポタポタと落ち、その場で吸い込まれていく。

「士郎、大丈夫か！」

――と、今度は見知った顔が走り寄ってきた。

夢ヶ丘町に親戚がいる山田勝だ。

たまたま遊びに来ていたのだろうが、側には彼の従兄弟《いとこ》で六年生の源《みなもと》翔悟《しょうご》もいる。

「今、電話したから！　お父さんが来てくれるって!!　でもって、伯父さんの病院に運んでくれるって言うから、もう大丈夫だからな。でも、動くなよ！」

事故を目撃した瞬間に、スマートフォンを取り出したのだろう。

だが、これを聞いて士郎は両目を見開いた。

ありがとう――と言いたいところだったが、軽く困惑に陥る。

「え、勝くん？　お父さんに電話って――。しかも、伯父さんのところへ運んでくれるって、まさか!?」

なぜなら、山田勝の父親は地元の消防署員だ。

そして伯父であり、翔悟の父親は、この界隈《かいわい》では一番大きな総合病院の外科医だ。

それも都心の大学病院から赴任《ふにん》してきたような、特に救急で頼りにされている腕のいい医者であったことから、士郎は胸がバクバクしてきた。

今にもサイレンが聞こえてきそうで。

そう思ったときには、実際に聞こえてきてしまって。

「あ！　来たよ。もう、安心だからな」

「――」

同じように口を噤んだ充功と顔を合わせると、士郎はかえって動揺、動悸が強くなった。

「わ！　士郎」

「しろちゃん！」

「士郎くんっ！」

その場で力尽きて、バタッと倒れてしまった。

「しっちゃ～っ」

「オオーンっ!!」

＊　＊　＊

行きがかりとはいえ、士郎は湊と一緒に救急搬送をされた。

検査と治療を終えた結果、湊は士郎の手中から転がったときにできたかすり傷程度で、ほぼ無傷。怪我をしたのは、士郎のほうだけだとわかる。

士郎としては、まずは胸を撫で下ろした。

また、あの場にいた樹季と武蔵、七生に関しては、エリザベスと共に充功がいったん連れて帰り、隣家で預かってもらった。

その上で、まずは充功が一足先に病院へ駆けつける。

そして、その後は出先から病院へ直行してきた颯太郎が合流。保護者が同席したところで、士郎は改めて診察室で状態を説明してもらうことになった。

デスク上のモニターには、いくつかの検査画像も映し出されている。

「お子さんたちから聞いた事故の状況と、また一度意識を失われていることから、後頭部の強打が心配されましたので、一応ＣＴ検査をさせていただきました。すぐに本人も気がついて、特に頭痛等もなく、救急車のサイレンの音に動揺してしまっただけだと言っておりましたが、その通りのようで。こちらはまったく問題がありませんでした」

知り合いとはいえ、率先して対応してくれた翔悟の父親には、忙しいはずなのに――と、かなり申し訳ない気持ちになった。

だが、心強かったのも確かだ。

特に意識が戻り、家族が誰もいなかったときなど、見知った友人の父親たちの顔があっただけで、こんなに違うのかと感謝しか起こらなかった。

「また、聞いていたよりも派手に倒れたわけではなかったのか、背中や腰なども問題はなさそうですし。結論からすると、軽度の捻挫です。右手首、右足首、共に全治一週間ほど。帰宅後に跳んだり跳ねたりなどの無茶なことをしなければ、問題なく完治《かんち》しますので、そこだけは気をつけて上げてください。せっかくの夏休みですが、お願いします」

そうして、士郎自身の怪我は、本当に簡単な説明で済む程度だった。

変に動かさないよう、患部そのものはガッチリと固定されたが、見た目ほどの怪我でもない。

士郎は、充功や颯太郎と顔を見合わせて心から安堵した。

「はい。わかりました」

「ありがとうございます。本当にお世話になりました」

そうして、颯太郎と共に一礼してから、充功に肩を借りて診察室をあとにする。

颯太郎の手には、看護師から渡された伝票類があるので、まずはこれから精算だ。

保険証の類《たぐ》いは、充功が家から持参してくれており、これに関してはナイスファインプレーだった。

もっとも、隣家のおばあちゃんが「あ、保険証と、あれば診察券を！」と、気付いてくれたのがきっかけらしいが。それでも、先に弟たちとエリザベスを――と、いったん家に戻ってくれたからこそだろう。

「あー。ビックリした。何がって、救急車が来ると思ってなかったから、あれが一番ビックリしたけど。まあ、あの場では一番確かな方法だったんだろうな。まさかエリザベスたちもいたのに、俺が病院へは連れて行けなかったし。きっと湊たちもそれは同じだ。お互い、いったん帰宅してからどうこうなんてやってたら、かえって怪我を酷くしたかもしれねぇし。この辺りは、勝たちにも改めて礼をしないとな」

廊下へ出ると、充功が一気に捲し立てた。

いたって冷静を装《よそお》ってはいたが、そうとう緊張が続いていたのだろう。

見てわかるほど、気が緩んでいる。

「本当。まずは直接御礼の連絡だね。でも、よかったね士郎。これで済んで」

「うん。心配かけて、ごめんなさい」

「家族にまで気を遣わなくていいよ。あ、でも寧と双葉には先に電話をしておこうか。一応充功が、捻挫だけだと思うって知らせてくれたけど。やっぱり本人の口から元気なのを伝えたほうが、安心するだろうし。出ないようなら、メールでってことにして」

「――はい」

そうして士郎は颯太郎の勧めに従い、その足で公衆電話が置かれた待合室へ向かった。

院内でスマートフォンを使用できる場所は限られている。

ここならどちらでも使えるし――とのことだったが、近づくに連れて荒ぶる女性の声が聞こえてきた。

見れば広岡に湊、祖母に母親らしき女性の姿がある。

「本当に、どうしたらこんなことになるのよ。寄りにも寄って、湊が原因で余所の子を怪我させるなんて！　あれほどちゃんと見ていられないなら、家にいなさいって言ったでしょう！」

クマが愚痴っていたとおり、広岡の母親は、かなりヒステリックになっていた。

以前、佐竹が食品工場で交代勤務をしていると言っていたが、ここへはその職場から直接来たのだろう。

制服姿に化粧気もなく、セミロングの髪を後ろで一つに結んでいる。

しかも、一見で疲労が溜まっているのがわかるほど顔色が悪い。

士郎はその場に立ち止まると、颯太郎や充功と顔を見合わせてしまう。

「ごめんなさい。湊が公園で遊びたいって……。公園に行ったら、友達がいるかもしれないからって……」

「それで肝心な友達に怪我させたら、意味がないでしょう！」

「——ごめんなさい」

広岡は肩を落として俯き、説明や謝罪を繰り返していた。

しかし、それを見ても母親の怒りは静まらない。

それどころか、かえって気が荒ぶっていく一方だ。

「もう、あんたのそれは聞き飽きた！　どうせまた夜中に勝手に起きて、遊んで、寝不足で居眠りしたんでしょう。あれだけもう止めてって。ちゃんと夜は寝て、日中は起きて。湊にも悪影響だから、生活態度を改めてって言ったのに——。どうして、母さんの言うことが聞けないのよ」

すでに彼女自身にも、溜まりに溜まってきたものがあるのだろう。

待合室に自分たちしかいなかったのもあり、爆発したのかもしれない。

かなり投げやりな口調で、広岡を責め続けた。

「そんなに夜遊びがしたいなら、向こうに着いて行けばよかったでしょう！　向こうなら、あんたの好き勝手も許してくれるわよ。イクメン気取って、ネットゲームの相手だけは人並み以上にしてくれて——」

そうして離婚調停中だという夫であり、広岡たちの父親のことまで口に出した。

一瞬、颯太郎の眉間に皺が寄る。

充功や士郎の背中に両手を伸ばし、この場から移動しようと合図をした。

（ごめん。お父さん）

しかし、そこは士郎が「待って」と止めるように、左手を上げた。

士郎からすれば、明日にでも広岡自身と話ができればと思っていた。

本人がよければ、ここへ越してくる前のことも聞きたかったし、できることなら母親からの意見も聞きたかったからだ。

「ただし、それだけで家事も育児もしてくれない。リストラをくらって以来、再就職もまともにしないで、バイトで稼いでも全部課金《かきん》で飛ばしちゃう男だけど。それでも寝ないで一緒に遊んでくれるんじゃない!?　もう！　本当に勘弁してっ」

――とはいえ、かなり余計なことまで聞いてしまった感は否《いな》めなかった。

これればかりは、立ち聞きしてていいことではない。

「どうして……。どうして、母さんばっかり、こんな目に合わなきゃいけなのよっ」

ただ、この経緯を知らなかったら、なぜここまで母親がヒステリックになっているのかは、理解ができなかっただろう。

彼女は彼女で、すでに限界近くまで追い込まれている。

「――っ!!」

それでも士郎たちの存在に気がつくと、一瞬にして背筋を伸ばした。

すぐさま向きを直し、深々と頭も下げてくる。

「この度は、うちの子たちが大変なことを。本当にすみませんでした！　なんてお詫《わ》びしたらいいのか。躾が悪くて、監督不行き届きで、本当にすみません。治療費や検査費などは、後日お見舞いと合わせてきちんとお支払いさせていただきます。もちろん、あとから調子が悪くなったとか、そういうことも含めて、できる限りのことはさせていただきますので。どうか子供たちのことだけはお許しください」

士郎は、彼女の姿に、謝罪する広岡の姿が重なって見えた。

「君、士郎くんって言ったっけ？　こんなに怪我して、痛いよね。本当に、うちの子たちがごめんね。ごめんなさい。おばさん、なんでもするから、本当にごめんなさい」

自分にも颯太郎と同じじか、それ以上の低姿勢で謝罪してくれた姿を見ると、確かに広岡を躾けて、育ててきたのはこの母親なのだと確信できた。

と同時に、広岡はこの母親の背中を見て育ったのだろう。

父親がどこまで、どういう人物なのかはわからないが、少なくともここには心から「ごめんなさい」が言える母親がいた。

なので、士郎もまずは一礼をした。

そして、その上で、すぐにでもこの親子に話すつもりでいたことを口にする。

「——あの。それでしたら、この怪我に関しては、僕にも弟たちを見ていなかった責任があるので、全部お兄さんのせいにはしないでいただけますか？　そうでなくても、湊くんが無傷に近い状態だったので、一方的に謝ってもらってますけど。もしもあの場で怪我をしたのが湊くんだったら、今頃は僕や父さんが土下座《どげざ》の勢いだと思うので——」

「えっ？」

「それに、僕はあそこで、お兄さんがまた寝てしまうかもって、予感がありました。そして、実際に寝てしまったところも見ていたのに、自分が弟や湊くんから目を離してしまったんです。だから——本当に、僕もごめんなさい」

見るからに痛々しい姿ではあったが、士郎も誠心誠意謝罪する。

ただ、話の途中で誰もが一瞬首を傾げた。

それこそ充功も颯太郎も、広岡たちもだ。

「何を言っているの？　たとえ士郎くんが、海音が寝ちゃったってわかっていても、そもそもあんなところで寝てしまうほうが悪いのよ。ちゃんと湊を見ていなければいけないのは海音だし。それに、あの場では一番年上なんだから、士郎くんたちのことだって、気をつけてあげなきゃいけないのは、うちの海音でしょう」

むしろ、誰もが引っかかっただろう士郎の言葉を聞き逃し、謝罪を続けたのは母親だけだった。

なので、士郎はもう、ここですべてを話してしまうことにした。

士郎が出会い頭《がしら》から気になり、三日かけて調べ続けたことを――。

「それは、お兄さんも言ってました。気持ちだけなら充分あったと思います。でも、病気だったらどうしようもないと思うんです。だから、お兄さんだけを怒ったり、責めたりしないであげてください」

「病気？」

「はい。僕みたいな子供が、いきなりこんなことを言って、ごめんなさい。けど、僕はお兄さんは病気じゃないかなって考えてます。夜中に遊んでいるから昼間に眠いとかそういうのではなく、一日中眠くてしかたがない病気にかかっているんじゃないかなって。だから、すぐにでも専門の病院で診《み》てもらってほしいんです」

どういう言い方をしても、失礼に取る者は取るだろうという内容だった。

それは士郎も承知の上だ。

過去には自分だって、赤の他人に言われたことだ。

理由は違えど、この子はおかしい。

この子の記憶力は異常だ。

今すぐ専門医に診せて、適切な治療をするべきだ――と。

「――え？　いきなり何を言ってるの？　この子が病気なわけないでしょう。毎年の健康診断でも、引っかかったことなんてないし。生まれたときから、本当に丈夫な子なのよ」

ただ、士郎に言われた母親は、とにかく驚いていた。

言われたことに嫌悪するより、本当に驚きすぎて、意味がわからなかったようだ。

かといって、士郎がふざけて我が子におかしな因縁《いんねん》を付けているとは、感じていない。

それほど日頃から広岡が丈夫で、健康な子供だったのだろう。

また、それが自慢の一つという、母親だったのかもしれない。

普通に考えれば、とても幸せなことだ。

だが、取って返せばこの強い思い込みが、ことの真相《しんそう》から遠ざけた原因とも言える。

士郎はさらに話を続けた。

「はい。学校で受けるような健康診断程度では、まず病気だと思われないです。多分、問診《もんしん》でも寝不足って判断されるだけでしょうし。ただ、僕が様子を見ていて、また同級生の佐竹さんから普段のことを聞いてみて。お兄さんの状態は、過眠症《かみんしょう》と呼ばれるものに近いんじゃないかなと思えたんです」

一瞬、癖のように利き手が眼鏡のブリッジへ行きそうになる。

だが、それは手首の痛みが妨げた。右腕ごと固定されて、三角巾《さんかくきん》で首から吊られているのでは、大人しくさせているしかない。

士郎は、何か物足りなさを覚えつつ、今度は広岡のほうへ視線を向ける。

颯太郎と充功、そして湊を抱いたままの祖母は、ただただ黙って聞きに徹して、士郎の視線を一緒に追う。

「だって、お兄さんは。広岡さんは、いつもちゃんと夜も寝てますよね？　それでも昼間眠くて、自分ではどうすることもできなくて、それで眠ってしまうんでしょう？」

「――えっ。うん。でも、どうして……」

突然の問いに、広岡が動揺を見せた。

それと同時に、母親のほうがハッとして声を上げた。

「ちょっと待って！　思い出した。過眠症って、前にテレビで見たことがあるけど、何ヶ月も寝たまま起きてこないとか、作業中でも突然失神《しっしん》して倒れるようにして寝てしまったりとか。そういう病気でしょう？　でも、海音はそんなことには一度もなっていないわ。本当に変なことを言わないで」

士郎の言う「病気」を理解してか、途端に口調が荒ぶる。

彼女の中でもこれは完全に否定したいことだったのだろう。

そんな馬鹿な、さすがに怒るわよ！　と、言わんばかりだ。

しかし、こうなることは、始めから予想していた。

覚悟もしていた。

「それは、メディアの偏向《へんこう》報道もあって、誤認識されてるんだと思います。確かにそういう大きな症状で発症する方もいます。ただ、そのレベルになる人は、過眠症と診断された人の中でも百人に一人もいないし、極《きわ》めて稀《まれ》な存在だそうです」

士郎は、自身が何度も確認しながら調べたことを淡々と話していく。

過眠症――一言で言っても、細かく分けていくと特発性過眠症やナルコレプシーなどといった何種類かがある睡眠障害だ。

中には、原因がはっきりとはわからないものもあり、医学的には中枢神経系の機能障害だと考えられている。

だが、こうして改めて言われなければ、すぐにピンとくるような病気ではない。

ましてや、よくわからないまま「あなたの息子さんは、場合によっては極めて稀な症状の出る病《やまい》に冒《おか》されている可能性があります」と言われれば、否定したくなるのも当然だ。

医者に言われても、すぐには飲み込めないだろうに、相手は士郎だ。

小学生では、なおのことだ。

「そんな――。海音に限ってはないわ。だって、この子には前科があるのよ。父親の悪い影響とはいえ、ネットゲームにはまって。勉強もしないで、夜更かしばかりして。それで学校でも寝てしまって、クラスで浮いて――。結局、いじめの原因にもなったから、それで私はこの子のためにも、すべてをリセットしようと思って実家に――。それなのに、結局ここでも同じことを繰り返して――。こんなの全部、自業自得よ‼　病気なんて、関係ないわよ！」

ただ、頭ごなしに否定したい気持ちと、過去の事実が入り交じったためか、母親はさらにぶちまけた。

そして、これ以上ないほど我が子を追い詰めたことで。

「――だから！　ゲームのことは何度も謝ったじゃないか。俺はもうずっと、何もしてないよ！」

とうとう広岡自身が、これまで抱えてきたものを一気に爆発させた。

これまでになく、声を荒らげる。

「海音!?」

「いくら楽しかったからとはいえ、夢中になって。いろんなことを疎《おろそ》かにしたことは反省した。だからあんなに好きだったけど、止めた。父さんが……、母さんに苦労ばかりかけているのに。ただ、自分の味方がほしくて、母さんへの当てつけに俺を仲間にしたかっただけだっていうのにも気付いたから。正直言えば、利用された自分にも嫌になって止めたんだよ！」

驚いて名を呼ぶ母親に対し、広岡は堰《せき》を切ったように自身の気持ちを吐き出し始めた。

「でも、そんな頃から、急にいつも眠くなるようになった。ちゃんと夜は寝ているはずなのに、眠くて。これってなんだろうって不安になった」

士郎は黙って、広岡の話に耳を傾けた。

「けど、それが原因で学校から呼び出されたもんだから、母さんにはまだゲームをしてるのねって、止めるって言葉を信じてたのにって言われて、パソコンもスマホも全部取り上げられた。そしたら、今度はクラスの話題に入っていけないどころか、まったく情報も入ってこなくなって――。気がついたら仲間はずれにされてて、それでも起きていられなくて、何度説明しても、どこかで隠れてやってるって疑われて――」

広岡も大分感情的になっているので、思いつくまま発しているところがあるだろう。

実際の時系列と、どこまで合っているのかは、もう一度聞き直す必要もある。

しかし、それでも士郎は、広岡の病がとても間の悪いタイミングで発症したのだろうとは思った。

これがゲームに填《は》まる前なら、まだ母親や周りもおかしいと思い、病を疑うこともあっただろう。少なくとも、広岡自身が眠気を不調として訴えられたし、すんなり信じてもらえたはずだ。

だが、いざ襲ってきた眠気の異常さに気付き、不安を覚えたときには、さんざん徹夜で遊んだあとだった。

日中の眠さに翻弄《ほんろう》されても、広岡自身も直ぐには言い出せなかったかもしれないし、言い出したときには、頭ごなしに否定をされてしまったということだろう。

一方、母親はそのときすでに父親の身勝手な行動に、精神的にも肉体的にも参っていた。

おそらく金銭的にも余裕がなく、そんな自分を支えていたのが、二人の子供の存在だ。

しかし、それも広岡の行動によって崩された。

これもまたタイミングが悪かったのだろうが、もっとも母親が弱っていたときに、致命《ちめい》傷《しょう》を与えてしまったのが広岡の行動だ。

父親の尻馬に乗って遊び呆《ほう》けてしまったことが、母親からすればこれ以上ない裏切り行為で、誰よりも愛している我が子だからこそ、その反動も計り知れなかったのだろう。

まさに、可愛さ余って——だ。

そして、そこは広岡自身にも自覚がある。

だからこそ、本人が言うように反省もしたのだろうが、一度失った信用を取り戻すことは難しい。

元の関係が濃く、また愛情が深いほど、修復し難いことを痛感したはずだ。

だが、それでも広岡の年の子供が頼れるのは、親しかいない。

本当に頼り、応えて欲しいと願うのも、親しかいないだろう。

少なくとも愛し、愛されて、素直に感謝と謝罪ができる子供に、育てられているのだから——。

「こっちへ越して来てからだって、そうだよ。俺はいつも湊と一緒に寝ていたし、夜更かしなんかしていない。でも、何をどうしても眠くなる。気がついたら寝てる！　それが、自分じゃどうにもできないって、何度も言ったのに。母さんは、全部ゲームだ。隠れてやっている。夜更かしが原因に違いないって決めつけて。そうじゃないのに、違うのに！」

士郎は、広岡が佐竹に何を言われても、またクライメイトに無視をされても、さほど心に響いていなかったのは、すでに彼が絶望の縁《ふち》にいたからだろうと思った。

「いっそ、このまま起きなければいいのにって、何度思ったかわからない。目が覚める度に辛《つら》くて。何もかもが嫌になって。だから、自分ではどうにかしたいなんて、思えなくなっていた。少しは病気も疑ったけど、それならそれで、もういいやって」

母親からの信頼が失墜したままだという事実が、現実が一番辛くて、むしろ眠りの中にいたかったのだろう。

夢さえ見ない無《む》の世界のほうが、彼にとっては楽だった。

辛くないと言うだけで、生きやすい世界だったのかもしれない。

「でも、そんなときも湊だけは〝兄ちゃん兄ちゃん〟って、懐いてくれた。いつも同じように接してくれた。だから……」

「兄ちゃん」

それでも今の状況に踏みとどまれたのは、湊の存在があったから。

勝手気ままなところはあっても、ずっと変わることなく信頼し続けてくれる肉親の存在があったからだろう。

そして、難しいことはわからなくても、湊は常に兄の気持ちに寄り添っていて――。

「母ちゃん！　兄ちゃん、いつも湊と寝てくれるよ。母ちゃんお仕事でいなくても、いつも一緒に寝てくれるよ！」

湊が叫ぶと、その場に母親が膝から崩れた。

「――っ、そんな。そんな……ことって」

直ぐにはすべてを消化し、また納得もできないだろうが――。

彼女がたった今感じている困惑は、事実を認め、受け入れるための第一歩だ。

「それじゃあ、海音は……」

しかし、それは同時に、息子が抱えているかもしれない病をも認め、また受け入れることでもある。

ただ、士郎からすると、本当に調べたことを伝えたいのはここからだ。

一度奥歯をグッと噛み締める。

――と、そこで不意に肩を叩かれた。

（っ!?）

反射的に振り向くと、いつからいたのか、翔悟の父親が立っていた。

心なしか「ここは任せて」とアイコンタクトされた気がして、士郎はコクリと頷く。

それこそ医師に説明してもらえるものなら、そのほうがいいに決まってるからだ。

「すみません。話が聞こえてしまったので、少しよろしいですか」

翔悟の父親は、動揺するばかりの母親と広岡に話しかけた。

「源先生！」

一瞬にして、母親の目がハッと開く。

「お母さん。息子さんがそういう状態でしたら、まずは診察を受けるところから始めませんか。今の状況や症状を聞く限り、私も真っ先に士郎くんが言った過眠症を思い浮かべました。しかし、それならばそれで、どういった種類の過眠症であるかを知る必要がありますす。これがわかれば、適切な治療を受けることが可能ですから」

そうして翔悟の父親は、士郎が言いたかったことを、そのまま説明してくれた。

実は士郎からすれば、ここが一番肝心なところだ。

「――え!?　海音の病気は、治療ができるものなんですか？」

「それって、眠くならない薬や治療があるってこと？」

ただ、ごく普通に放った翔悟の父親の言葉に、母子は揃って驚いた。

しかし、それは颯太郎や充功、広岡の祖母も同様で、この時点で士郎は改めて頭を抱えたくなる。

（途中から話が拗《こじ》れすぎて、きっと重い病か何かと勘違いしちゃったんだろうな）

態度を見る限り、まず間違いがない。

「ありますよ。そもそも過眠症は、誰もが知る病気というわけでもないですが、世界的に見ると、千人から二千人に一人の割合でみられる病気です。また十代で発症することが多い疾患《しっかん》なので、今からきちんと治療し、それに見合った生活習慣を身に着けていけば、仮に完治ができなくても、上手く付き合って行くことができる病気ですから」

「……なんだ。そうなんだ」

案の定、広岡はさらに説明を受けると、間の抜けた声で漏らした。

一瞬前まで、この世の終わりでも見るような気分だったのだろう。

そう思えば、翔悟の父親から受けた説明は、そこまで酷い病のようには聞こえない。

彼の言い方がそう思わせてくれたのだろうが、それでも広岡からすれば、この不定期に襲ってくる睡魔から抜け出す方法なり薬があるとわかっただけでも、未来が開けた気持ちになれたようだ。

そして、それは母親も同じで――。

「海音っ!!」

ただ、母親のほうは、その場でうずくまって、声を上げた。

余程安堵したのだろう、広岡の名を呼びながら、泣き崩れてしまう。

「母さんっ」

「ごめんね！　母さんが意固地《いこじ》になってたばっかりに。海音の言うことを、すぐに信じてあげなかったばっかりに、ずっと辛い思いをさせて――」

一緒に膝を突いた広岡に、母親は土下座せんばかりに頭を下げて謝罪した。

自分の何がどう悪かったのかは、もう誰より自身が知っているからだろう。

「ううん。先に母さんに辛い思いをさせたのは俺だし。それに、俺が辛い思いをさせたのは母さんだけじゃない。ばあちゃんや、湊もだから」

「……海音」

「兄ちゃん」

そして、それは広岡もまた、充分自覚していたが――。

「海音。専門の病院を探しましょう。もちろん、先生が知っているなら、改めて紹介をしてもらって」

そうして母親は、直ぐにでも広岡を専門医に見せることを即決した。

「――ん」

すると広岡もまた、こくりと頷き、これから自分も努力していくことを母親に伝える。

そうして、改めて翔悟の父親を見上げると、

「先生。お願いします」

これまでになく力強く、専門医の紹介を希望した。

すると、翔悟の父親は「ああ」と答えながら、目の前にいた士郎の肩をポンと叩く。

そしてそれを見ると、

「ありがとう、士郎くん。兎田くんも、兎田くんのお父さんも、本当にありがとう」

広岡はこれまでには見せたことのない笑顔で、士郎たちに御礼を言ってきた。

「俺より佐竹に言ってやってくれると嬉しいかも」

それとなく充功に名前を出されると、

「——!!　わかった」

一際大きく頷いた。

8

その後、広岡と母親は翔悟の父親の勧めもあり、まずはこちらの病院で受付を済ませた。

改めて問診《もんしん》やできる検査を行い、その診断結果を得た上で、翔悟の父親が以前勤めていた都心の東都《とうと》大学医学部附属病院へ紹介状を書いてもらうことになったのだ。

また、翔悟の父親も「なるべく夏休みのうちに治療を開始し、二学期に入る頃には、本来の日常を取り戻しましょう」と言ってくれた。

それが士郎にはとても嬉しかったし、心強かった。

（本来の日常か――。結局、これが意識もせずに守れてるってことが、一番幸せってことなんだろうな。それでいて、実は難しいことで……）

大事にしていくべき物事を、また一つ学べた気もした。

広岡も充功と顔を合わせ、安堵していたのがわかる。

「兎田さん。士郎くん。充功くんも。本当にありがとうございました。後日、改めてお詫《わ》びと御礼に伺わせていただきますので、今日のところはこれで失礼します」

そうして士郎たちは、病院のエントランスで広岡たちと挨拶を交わした。

広岡の母親は、最後まで頭を下げ続けていた。

「はい。うちのほうは大丈夫ですので、まずは海音くんを。そして湊くんのケアを」

それに応える颯太郎も、それは同じだ。

最後まで「まずは子供優先で」を貫き、我が子だけではなく、相手の子供のことも考えた上での対応を崩すことはなかった。

そして、そんな颯太郎の傍らに立っていた充功はと言えば――。

「これ。佐竹本人から渡してくれって頼まれたから、あとで電話してやって」

先ほどスマートフォンを弄ったあと、颯太郎から筆記具とメモを借りていた。

士郎は、きっと兄たちに状況報告のメールをしているのだろうと思っていた。

だが、実際は佐竹に連絡をしていたらしい。充功もまた、こうしたところは細《こま》やかだ。

ただ、メモをもらった広岡は、かなり動揺している。

「――いいの？　佐竹は、俺のこと呆《あき》れてたというか、怒ってるんじゃなかったの？　この前の児童館でも知らん顔だったし」

「知らん顔はお互い様だろう。まあ、夏休みに入った途端にド金髪になってたら、声を掛けるのもためらうだろうけどさ！　でも、あいつはお洒落のつもりであの頭にしちゃってるけど、お前のことはそうとう気にかけていたし。何より、実はばあちゃん子だからな。

きっと電話しても、ばあちゃんたちに礼言えよ――しか言わないと思うけど」

それでも充功に「お互い様」と言われて、ハッとしていた。

その上で、佐竹が気にしてくれていたことを知ると嬉しそうに、だがいっそう申し訳なさそうにして、今一度頭を下げた。

「……ありがとう。本当に、ごめん」

「もういいって」

そして、こんな母親と兄をずっと見ていたからか、ここで湊が前へ出た。

「あのっ……。ごめんなさい！　武蔵たちの兄ちゃん――。俺、もうしないから！」

身体を半分に折る勢いで、右手右足に包帯となってしまった士郎に頭を下げた。

どんなに怪我が軽く済んでも、幼稚園児から見たらこの包帯姿だけで怖いだろうし、さぞ罪悪感で胸がいっぱいだったことだろう。

士郎はそれがわかるだけに、まずはニコリと笑って見せる。

「そうだね。湊くんが元気ですごいのはわかったけど、もう危ないことはしないほうがいいね。こうしてみんながビックリするし、心配をする。それに、本当は自分だって落ちたときはすっごく怖かったでしょう？」

「うん。ビックリした。わっ！　ってなって、怖かった。だから、もうしない。約束する！　武蔵たちにもごめんなさいする。武蔵たち――、許してくれるかな？」

「大丈夫だよ。そしたら今度また公園で会おう。みんなでビックリしたね、元気でよかったね、これからは気をつけようねって言って、楽しく遊ぼう。武蔵たちも心配してるから、きっと湊くんの元気な顔を見たらホッとするし、よかったねって言うはずだから」

すると、湊の顔があれよあれよという間に明るくなっていく。

特に「楽しく遊ぼう」と言われたことが、胸中の不安や恐怖を吹き飛ばしたのだろう。

「うん！　ありがとう!!」

心からの笑顔に、安心したのは士郎だけではない。母親や広岡、また祖母もだ。

「本当に、すみませんでした。ありがとうございました。では――」

そうして最後に、祖母から深々と頭を下げられて、その場で別れた。

「さ、帰ろう」

「うん」

士郎は颯太郎と充功に両脇から支えられて、まずは駐車場に置かれた車まで移動した。

（前科……か。だとしても、親子で信じてもらえないって、広岡さんも辛かっただろうな。でも、その辛さだって想像でしかない。僕には、たとえ七生と入れ替わったと言っても信じてくれる、お父さんや兄弟がいる。あれ自体は夢だったけど――。でも、きっとお父さんたちなら、僕が何かしてしまっても、二度でも三度でも信じてくれる。僕だって家族の誰がそうなっても信じる。それも、何ら不思議に思うことなく当然のこととして）

ふと、夢の中の出来事と現実が交差する。

（でも、こうして信じられることが、それが普通だって思えることが、実はすごく幸せで、恵まれていることなんだろうな。決して当たり前のことではなく、お父さんとお母さんが努力して作ってくれた家庭、家族だからなんであって――）

士郎は、改めて〝自分も家族の一員として家庭を守りたい〟と思った。

またその第一歩が誠実に、そして正直に日々を過ごすことだなと、しみじみ感じた。


士郎たちが病院から戻ったときには、すでに夕方の四時を知らせるチャイムが、夏の空に鳴り響いていた。

「カー。カー」

まるで時報《じほう》に合わせるように、裏山のカラスが鳴きながら通り過ぎて行く。

そしてお向かいの塀には、茶トラがすまし顔で「みゃ～」と鳴いて通り過ぎ、裏山のほうからは「オオーン」と遠吠えが聞こえてくる。これらが士郎には、「お帰り」「無事でよかったね」「よかった！」と聞こえて、嬉しくなった。

「気をつけろよ」

「うん。ありがとう」

そんな中、士郎は充功の手を借り、慎重に車から降りた。

今思い出しても、今日はいろんなことが重なり、自然と溜め息が漏れる。

「はぁ」

すると、車の音を聞きつけたからか、隣家からは老夫婦や樹季たちが飛び出してきた。

「お帰り。大変じゃったの」

「まあ！　士郎ちゃん。そんなに怪我をして」

「おじいちゃん、おばあちゃん、ただいま。ご心配をおかけしました。でも、派手に固定して包帯されちゃいましたが、捻挫なので一週間もあれば治ります」

「おお、そうか」

「よかったわ！」

心底から安心したように頭を撫でてくれる老夫婦に、士郎は笑顔で無事を示す。

「うわわわんっ！　しろちゃん帰ってきたよ！　帰ってきた!!」

「士郎くんっ！」

「ただいま。武蔵。樹季。心配かけて、ごめんね」

続く武蔵と樹季には、士郎のほうから無事な左手で頭を撫でていく。

「しっちゃぁぁあっ」

「バウバウ！　バウ!!」

「七生もごめん。エリザベスも本当に心配をかけちゃって、ごめんね」

そして、それは七生やエリザベスにも――。

すると、士郎の無事に安堵したのか、エリザベスが尻尾をブンブン振った。

それに合わせて、七生までオムツでふっくらしたお尻を左右にフリフリだ。

思わず、車から下りてきた颯太郎と一緒に噴き出しそうになるが、士郎からすれば、もうすべてが可愛いく感じられる。

（怪我をしたのが七生たちでなくて、本当によかった）

一歩違えば、事故はいつ誰に起こるかわからない。

また、被害者になるか加害者になるかもわからない。

士郎は七生の頭を撫でながら、改めてまだまだ始まったばかりの夏休みの過ごし方に気をつけようと思った。

「あ！　お帰り、士郎。無事でよかった！」

すると、今度は寧の声がした。

見れば、双葉と共に駅の方から走ってくる。

「寧兄さん？　双葉兄さんも。え、どうしてこんなに早く？」

「捻挫とは聞いたけど、やっぱり見るまで心配だから。今日は出先から直帰させてもらったんだ。そしたら駅で双葉にばったり」

「そうそう。そんな感じ。ってか、なんなんだよ。この痛々しい姿は――」

言っている側から、寧と双葉の手が伸びてくる。

長男次男からすれば、士郎も七生も大差が無いのだろう。

ここぞとばかりに士郎の頭や肩を撫でまくりだ。

「本当、無茶するなよ。もう、救急車で運ばれたって聞いたときには、口から心臓が飛び出るかと思ったよ」

「それは僕もかな。まさか捻挫で呼ばれるとは思ってなかったから」

「まあ、そうだよな」

しかし、このままでは一向に家の中へ入れない。

「さ、そろそろみんな中へ入って」

さすがに颯太郎が促す。

すでにエリザベスは隣家の老夫婦にリードを持たれて、「また明日ね」と去って行く。

それを見送る士郎の両脇に、すかさず樹季と武蔵が立つ。

「士郎くん。僕を松葉杖《まつばづえ》代わりにしていいからね」

「そしたら俺こっち！」

「なっちゃも～っ」

ただ、足下で尚もお尻を振っている七生には悪いが、このままではいつまでたっても、家の中に入れない。うっかりすると怪我をした足を踏まれそうだ。

「いや、お前らじゃ背が足らないだろう。士郎。俺がお姫様抱っこで運んでやろうか～」

そこへ充功が笑えない冗談をぶち込んでくる。

怪我をした士郎を構いたいのか、からかいたいのか、士郎が唇を結んでムッとする。

「冗談は顔だけにしてよ」

「あ!? なんだって？」

「ほらほら。みんな先に上がって。士郎に場所を作ってあげないと」

そうして今一度、颯太郎に促された。さすがに「はーい」と先にリビングへ向かう。

士郎はゆっくりと上がり框に腰を下ろして靴を脱ぐ。

すると、傍らにふっと何かの気配を感じた。

（クマさん？）

（おう。そうじゃ。よくわかったのぉ～。そして無事で何よりじゃ！）

やはりそうだった。帰宅するのを見届けに来たのか、もしくはずっと近くで見ていてくれたのか、いずれにしても今日ばかりは感謝しかない。

（――ありがとう！　これもクマさんのおかげだよ）

（なんのなんの。で、お姫様がどうたら言っておったが、今夜はそれこそゆっくりゴロゴロできるように眠れる森の王女もとい、王子にでもしてやるか？）

（心からご辞退申し上げます。もう、クマさんにはよくしてもらったので充分です！）

どうでもいいような話で盛りあがるも、そこへインターホンのベルが鳴った。

しかも、玄関ドアにまだ鍵をかけていなかったためか、スッと開かれてしまう。

「すみません。今、お時間いただけますか？　私、文部科学省のほうから参りました。十分程度でいいので、お話をさせていただきたいのですが――」

（え⁉）

これは正夢《まさゆめ》というのだろうか？

現れたのは士郎の夢の中では逮捕されたはずの誘拐魔。

こうなると、どこまでが夢で、どこまでがクマの仕業なのか、本当にわからない。

（クマさん⁉　こいつは何？）

（はて？）

その上、クマ――氏神にもわからない現象が起こってしまったことで、士郎は今一度、頭を抱えて悩みそうだった。

ただし、ここで営業トークが始まろうものなら、完膚《かんぷ》なきまでに叩き潰すぞ！　とは思ったが――。

コスミック文庫 α

大家族四男8
兎田《とだ》士郎《しろう》の眠《ねむ》れる森《もり》の王子《おうじ》

【著者】 日向《ひゅうが》唯稀《ゆき》／兎田《とだ》颯太郎《そうたろう》

【発行人】 杉原葉子

【発行】 株式会社コスミック出版
〒154-0002 東京都世田谷区下馬 6-15-4

【お問い合わせ】 ―営業部― TEL 03(5432)7084 FAX 03(5432)7088
―編集部― TEL 03(5432)7086 FAX 03(5432)7090

【ホームページ】 http://www.cosmicpub.com/

【振替口座】 00110-8-611382

【印刷／製本】 中央精版印刷株式会社

ISBN978-4-7747-6251-7 C0193